· 现当代经典散文品读 ·

精彩的远方

JINGCAI DE YUANFANG

徐宏杰◎主编

安徽师范大学出版社
ANHUI NORMAL UNIVERSITY PRESS

丛书策划:汪鹏生
责任编辑:汪碧颖
装帧设计:丁奕奕

图书在版编目(CIP)数据

精彩的远方/徐宏杰主编.——芜湖:安徽师范大学出版社,2018.7
(现当代经典散文品读)
ISBN 978−7−5676−2844−1

Ⅰ.①精… Ⅱ.①徐… Ⅲ.①散文集−中国−当代 Ⅳ.①I267

中国版本图书馆CIP数据核字(2017)第102693号

精彩的远方

JINGCAI DE YUANFANG　　　　徐宏杰　主编

出版发行:安徽师范大学出版社
　　　　芜湖市九华南路189号安徽师范大学花津校区　　邮政编码:241002
网　　　址:http://www.ahnupress.com/
发 行 部:0553-3883578　5910327　5910310(传真)
印　　　刷:浙江新华数码印务有限公司
版　　　次:2018年7月第1版
印　　　次:2018年7月第1次印刷
规　　　格:700 mm×1000 mm　1/16
印　　　张:15.25
字　　　数:217千字
书　　　号:ISBN 978−7−5676−2844−1
定　　　价:50.00元

如发现印装质量问题,影响阅读,请与发行部联系调换。

写在《现当代经典散文品读》出版之际

　　《现当代经典散文品读》丛书，按照内容分为10册，选入的近三百篇散文，是现当代中外优秀散文名篇，几乎可视为百年散文史的缩影。编选者视野开阔，粹取拣择中，可见出其独特的眼光。选入的文章，篇篇可读，文字优美，有发人深省的内涵。既有文学大家的名篇佳什，又有一些年轻作家的感人至深的新作，甚至包括当代一些网络作者的好文章。作者中有学养丰厚的著名人文学者，也有研究自然科学的科学家、发明家。编选者立意在知识的丰富、美好人生的发掘、伟大智慧的分享。在知识性、思想性和欣赏性等多方面，丛书都有较高的价值。读起来使人时而低徊欲泣，时而激扬蹈励，时而心入浩茫辽阔中，时而意落清澈碧溪前。这套书可以作为在校学生课外阅读的材料，也可以作为一般读者经典阅读的进阶。

　　每篇散文后所附"品读"文字，也是值得"品味"的，对帮助欣赏、理解所选文章极有帮助。篇幅一般都不短，内容丰富，不是泛泛的作者介绍，也不是说一些写作背景和特点的话，而是意在"品读"所选文章背后的价值世界。不少品读文字，更像是一篇研究作品。如《诗意的栖居》一册中所选建筑学家梁思成的《千篇一律与千变万化——音乐、绘画、建筑之间的通感》，是建筑学中的名作。它涉及艺术哲学中的一个重要原理。艺术要追求变化，这个道理很多人讲过，但这篇文字则谈重复在艺术创造中不可忽缺的价值。人们常常将重复当作一种缺点，但梁先生认为，没有重复就没有艺术。重复是音乐的灵魂。《诗经》在一定程度上也是重复的艺术，那回环往复的沓唱是《诗经》的命脉。重复也是建筑的基本语言，颐和园七百多米的长廊，人民大会堂的廊柱，因重复而体现出特别的魅力。编选者在细腻的分析中，发掘此文深长的意味，给读者以重要启发。由趣味学习，到专业学习，这套书有不可忽视的价值。

散文的重要特点之一，是用优美的语言，自由而较少拘束的形式，表达当下直接的生命感受，散文也可以说是当下生命体验的记录。因此，好的散文家，一定是对人生、自然、生命、宇宙、理想等有感觉的人，一定是对世界有"温情"的人。那种整天沉浸在琐屑利益竞逐中、对生活持漠然态度的人，不会有通灵清澈的觉悟，不会有朗然明快的理想，也写不出有感染力的文字。好的散文不是"写"出的，而是从清澈、真实的心灵中"泻"出的。我通读这套书所选的文章，仔细品味编选者的点评，丛书中无处不在的清新气息，给我极深的印象。就像本丛书所选美学家宗白华先生的《美从何处寻？》中所说的，世界充满了美，我们要有一双发现美的眼睛。美不光在外在的形式，更在那生命的潜流中。正因此，散文，不是美的文字，而在传递一种美丽的精神。人，不在于有光鲜的外表，而在于有一种光明的情怀。外在的"容"可以"整"，内在精神世界是无法通过技术性的劳作"整"好的。这套书在知识获取的同时，对提升人的精神境界、护持人的生命真性、分享生命的美好等方面，都具有独特的价值。

这套宏大的散文名篇选读丛书，是由徐宏杰先生花近十年时间独立完成的。他是当代闻名的语文特级教师，是语文教学和研究方面的权威学者，他在教学之余，投入如此心力，来完成这样的作品，为他深爱的学生，更为全国广大读者。这样的精神尤令人感佩。这套书中凝结着他三十余年教学经验和研究所得。他曾经跟我说,他是以充满敬意的心来做这项工作的。从我阅读的感受,他的确是这样做的:从选文到解说,他以敬心体会所选文章背后的温情和智慧;又以敬心斟酌自己的品读文字,力求给读者,尤其是青少年读者留下真正有价值的信息。

朱良志

2018 年 4 月 10 日于北京大学

长大，一定要经过一场远行。成熟，一定要经过多次远行。你会看见风景，看见历史，遇上形形色色的人，遇上大大小小的事。你要学会独处，习惯孤独，构造起坚硬的外壳以保护心灵永远柔软。七大洲，五大洋，一张图就能画得下，一生却很难走得完。叶落归根，人之常情。然而，年轻的时候，不能少了『埋骨何须桑梓地』的豪情。远行与际遇，看到世界，懂得故乡；看到他人，了解自己，朝着远方。外面的世界很精彩，让你渐渐学会应对无奈。对于智慧的人而言，远方是实实在在，不渺茫，不虚无，就在脚下！

目录

碧

云寺的秋色

◇ 钟敬文

这几天，碧云寺的秋意一天天浓起来了。

寺门口石桥下的水声，越来越显得清壮了。晚上风来时，树木的呼啸，自然不是近来才有的，可是，最近这种声响更加来得频繁了，而且声势是那么浩大，活象冲近堤岸的钱塘江的夜潮一样。

最显著的变化，还在那些树木叶子的颜色上。

碧云寺是一个大寺院。它里面有不少殿塔、亭坊，有许多形态生动的造像。同时，它又是一个大林子。在那些大小不等的院子里，都有树木或花草。那些树木，种类繁多，其中不少还是活了几百岁的参天老干。寺的附近，那些高地和山岭上，人工种植的和野生的树木也相当繁密。如果登上金刚宝座塔的

本文选自蔡清富编《钟敬文散文选集》（百花文艺出版社2009年版）。钟敬文（1903—2002），原名谭宗。广东海丰人。民俗学家、民间文艺学家、教育家、散文作家。毕生致力于教育事业和民间文学、民俗学的研究和创作工作，被誉为"中国民俗学之父"。编辑《民间文艺》《民俗》及民俗丛书。主要作品有：散文集《荔枝小品》

《西湖漫拾》《湖上散记》等。

高台向四周望去，就会觉得这里正是一片久历年代的丛林，而殿堂、牌坊等，不过是点缀在苍翠的林子里的一些建筑物罢了。

我是旧历中秋节那天搬到寺里来的。那时候山上的气温自然已经比城里的来得低些。可是，在那些繁茂的树丛中，还很少看到黄色的或红色的叶子。

秋色正在怀孕呢。

约略半个月过去了。寺里有些树木渐渐开始在变换着颜色。石塔前的几株柿子树，泉水院前面院子里那些沿着石桥和假山的爬山虎，它们好象先得秋意似的，叶子慢慢地黄的黄，赤的赤了。

可是，从碧云寺的整个景色看来，这不能算是什么大变化。绿色的统治基本上还没有动摇，尽管它已经走近了这种动摇的边沿。

到了近日，情景就突然改变了。黄的、红的、赤的颜色触目都是。而且它来得那么神速，正象我们新中国各方面前进的步子一样。

我模糊的季节感被惊醒过来了。

在那些树木里变化最分明的，首先要算爬山虎。碧云寺里，在这个院子，在那个院子，在石山上，在墙壁上……我们都可以看见它那蔓延的枝条和桃形及笔架形的叶子。前些时，这种叶子变了颜色的，还只限于某些院子里。现在，不论这里那里的，都在急速地换上了新装。它们大都由绿变黄，变红，变丹，变赤……我们要找出它整片的绿叶已经不很容易了。

叫我最难忘情的，是罗汉堂前院子里靠北墙的那株缠绕着大槐树的爬山虎。它的年龄自然没有大槐树那么老大，可是，从它粗大的根干看来，也决不是怎样年轻了。它的枝条从槐树的老干上向上爬，到了分杈的地方，那些枝条也分头跟着枝桠爬了上去，一直爬到它们的末梢。它的叶子繁密而又肥大（有些简直大过了我们的手掌），密密地缀满了槐树的那些枝桠。平常的时候，我们没有注意到它跟槐树叶子的差别。因为彼此形态上尽管不同，颜色却是一样的。几天来，可大不同了。槐树的叶子，有一些也渐渐变成黄色，可是，全树还是绿沉沉的。而那株爬山虎的无数叶子，却由绿变黄，变赤。在树干上、树枝上非常鲜明地显出自己的艳丽来。特别是在阳光的照射下，那些深红的、浅红的、金黄的、柑黄的……叶子都闪着亮光，人们从下面向上望去，每片叶子都好象是透明的。它把大槐树也反衬得美丽可爱了。

　　我每天走过那里，总要抬头望望那些艳丽的叶子，停留好些时刻，才舍得走开。

　　象这样地显明而急速地变化着颜色的，除了爬山虎，当然还有别的树木。释迦牟尼佛殿前的两株梧桐，弥勒佛殿前的那些高耸的白果树，泉水院前院石桥边的那株黑枣树……它们全都披上黄袍了。中山纪念堂一株娑罗树的大部分叶子镶了黄边，堂阶下那株沿着老柏上升到高处的凌霄花树，它的许多叶子也都变成咖啡色的了。……

碧云寺的附近，特别是右边和后面的山地上，那些柿子树和别的 许多树木……我们就近望去，更是丹黄满眼了。

自然，寺内外那些高耸的老柏和松树之类，是比较保守的。尽管有很少的叶子已经变成了刀锈色，可是，它们身上那件墨绿袍子是不肯轻易褪下的。许多槐树的叶子，也改变得不踊跃。但是，不管怎样，现在，碧云寺景色却成为多彩的了。这里一片黄，那里一片赤……不象过去那样，到处都只见到青青绿绿的。

这种景象，自然地叫我们想起那春夏之间群花盛开的花园来。可是，彩色的秋林，到底有它自己特别的情调和风格。它的美景是豪壮的、庄严的。花园的美不能代替它，也不能概括它。

我们古代的诗人，多喜欢把秋天看作悲伤的季节。"悲秋"，是我们古诗歌传统上一个最常用的名词。引起诗人们伤感的自然现象，当然不是单纯的，草木的变色和零落，却可以说是当中有力的一种。我们知道，过去许多"悲秋"的诗篇或诗句，多半是提到"草木黄落"的景象的。

其实，引起人们的伤感，并不一定是秋天固有的特性。从许多方面看，它倒可以说是叫人感到愉快的一种时辰。在农业经济上，秋天是收成的季节；在气候上，在一般自然景色上，秋天也是很可爱的（这，你只要把它去跟接着来的冬天比一比就得了）。古人所谓"春秋佳日"，决不是没有根据的一句赞语。

我们还是谈谈叶子变色的话罢。

在夏天,草木的叶子都是绿油油的,这固然象征着生长,象征着繁荣。但是,从视角上说,从审美的眼光上说,它到底不免单调些。到了秋天,尤其是到深秋,许多树木的叶子变色了,柿红的、朱红的、金黄的、古铜色的、赭色的,还有那半黄半绿,或半黄半赤的……五颜十色,把山野打扮得象个盛装的姑娘。加以这时节天色是澄明的,气候是清爽的。你想想,它应该怎样唤起人们那种欢快的感情啊!

自然,我们晓得古代诗人所以对秋风感喟,见黄叶伤情,是有一定的社会生活的原因的。在过去的社会里,诗人们或因为同情人民的苦难,或因为叹惜自己阶级的衰败,或因为伤悼个人遭逢的不幸……那种悲哀的心情,往往容易由某些自然现象的感触而发泄出来。加以他们对自然、社会的知识的局限,就更加强了这种情思的表现。他们对于变色或凋零的草木感到悲伤,主要的原因就在这里。

现在,造成过去诗人哀感的那种社会根源,基本上已经不存在了。人们对于事物也有了比较正确的认识能力。今天,我们的诗人,我们的广大人民,都以饱满的精神、健康的思想,参与着雄伟的新社会建设工程。美好的自然景象,对于我们只有激起欢乐的情怀。旧诗词中那种常见的哀愁,跟我们的诗的灵感是缺少缘分的。

就说在古代,也并不是所有的诗人,或诗人们的一切作品,对于那些变了色的叶子都是唉声叹气的。"停车坐爱枫林晚，霜叶红于二月花"（杜牧句），这固然是明白地颂扬红叶的美丽的；"扁舟一棹归何处?家在江南黄叶村"（苏轼句），诗人对于那种江南秋色，不正是带着羡慕的神气吗?此外，如象"红树青山好放船"（吴伟业句）、"半江红树卖鲈鱼"（王士禛句）……这些美丽的诗句，都不是象"满山红叶，尽是离人眼中血"那样饱含着哀伤情调的。大家知道，"现在"跟"过去"是对立的。但是，在历史的长河中，它们又有着一脉相联的源流。因此，即使是生活在旧时代里的诗人，对于某些事物也可以具有一定的正常感情。我们没有权利判定，过去一切诗人对于红叶和黄叶的美，都必然是色盲的。

我不是什么老北京。可是，凭我这些年来的经验，我敢大胆地说，秋天是北京最可爱的一个季节，尽管我们还嫌它的日子短了些。当这房子里火炉还没生火，气候凉爽可是并不寒冷的时候，观览香山一带（包含碧云寺在内）自然的丰富色彩，正是北京市民和远方游客一种难得的眼福。让古代那些别有怀抱的伤心人，去对叶子叹息或掉泪吧！我们却要在这种红、黄、赤、绿的自然色彩的展览中，做一个纵情的、会心的鉴赏家！

简评

钟敬文先生早年受新文化运动影响，开始学做白话诗。他在家乡的小学教书时，就酷爱民间文学，开始搜集、整理民间传说等，与同学们一道宣传演讲，抵制日货。正是这样的人生经历，使钟敬文先生产生了强烈的社会责任感。五四运动前后，钟敬文接受了民主和科学精神，一边创作诗歌和散文，一边搜集民歌和民间故事在《歌谣》周刊发表。这一时期他受到新文化思潮和北大歌谣学运动的影响，对民间文学产生兴趣，从此他爱上了民间文学的搜集与整理，并以崭新的人文科学观念研究民间文学和民俗学。

　　作者住在碧云寺,对周围景色观察细致入微,捕捉到了细微的变化。文章没有华美的语言,"看似寻常最奇崛,成如容易却艰辛"。虽然看似平淡的语言,却描绘出迷人的多彩的秋景。就文章的表现手法而言最突出的特色是情景交融:如"叫我最忘情的","它把大槐树也反衬得美丽可爱了","我每天走过那里,总要抬头望望那些艳丽的叶子,停留好些时刻,才舍得走开"。这些句子在对景色的描绘中自然地流露出作者对这份秋色的喜爱之情。文中情景交融的思路可以用两句话来概括:树叶缘秋而变色,作者因叶变色而有感。

　　文章前一部分叙事写景,树木颜色的变化"惊醒"了作者,原本大同小异而略显单调的绿色变成五颜六色,使得作者从中发现了秋色之美,并由碧云寺的多彩景色而生出"彩的秋林,到底有它自己特别的情调和风格。……花园的美不能代替它,也不能概括它"的感叹。这说明了作者认为秋色有夏日所不能替代的另一种美。文章后半部分联想古人关于秋色秋情的诗句,说明悲情与欢情主要源于其个体审美与生活背景的不同。这让我们不由得联想到秋叶与人生、秋色与诗情间或类似、或相关的种种联系。

　　文中作者的情感态度表现得相当分明,即有别于一些古代诗人"悲秋"的观念,而是盛赞秋的生机和美丽。作者的独到之处在于,他理会到古人"悲秋"的原因:"或因为同情人民的苦难,或因为叹惜自己阶级的衰败,或因为伤悼个人遭逢的不幸……"同时,他看到了古今在"悲秋"问题上的"不同"与"同":所谓"不同",即"'现在'跟'过去'是对立的",意谓人民的苦难已经结束,个人也不会有太多的不幸;所谓"同",即"在历史的长河中,它们又有着一脉相联的源流""即使是生活在旧时代里的诗人,对于某些事物也可以具有一定的正常感情",意谓秋的生机、美丽,古人今人都能体会得到,此乃"正常感情",而"悲秋"则是反常，则是人格、人性扭曲时代的产物。作者的这些认识，尤其是对"古今一也"的认识，并没有完全否定古代关于"悲秋"的意识，反而构成了一种辩证统一的有关"秋"的看法。

本文通过碧云寺秋色的生动描写，极力渲染色彩的变化多样。其实，碧云寺的主体应是殿堂、金刚宝座塔，在文中却成为苍翠林子里的点缀。秋天草木凋零、树叶变黄，应是某种伤感的象征；苍松翠柏被人们赞赏，应是勃发生机的体现。这些传统的审美观念在文中完全被颠倒过来，赋予了"秋"以春的光彩。古人所乐道的"春秋佳日"和本文作者笔下的"秋"在理念上是相通的。

成

都的春天

◇刘大杰

成都天气,热的时候不过热,冷的时候不过冷,水分很多,阴晴不定,宜于养花木,不宜于养人。因此,住在成都的人,气色没有好的,而花木无一不好。在北平江南一带看不见的好梅花,成都有,在外面看不见的四五丈高的玉兰,二三丈高的夹竹桃,成都也有。据外国人说,成都的兰花,在三百种以上。外面把兰花看重得宝贝一样,这里的兰,真是遍地都是,贱得如江南一带的油菜花,三分钱买一大把,你可以插好几瓶。从外面来的朋友,没有一个人不骂成都的天气,但没有一个不爱成都的花木。

成都这城市,有一点京派的风味。栽花种花,对酒品茗,在生活中占了很重要的一部分。一个穷人

本文选自鲁迅等著《又是一年春草绿:名家笔下的春夏秋冬》(中国国际广播出版社2007年版)。刘大杰(1904—1977),笔名大杰、雪容女士、绿蕉、夏绿蕉、修士、湘君、刘山等。湖南岳阳人。著名文学史家、作家、翻译家。主要作品有:《托尔斯泰研究》《易卜生研究》《德国文学概论》《德国文学简史》和《东西文学评论》(全三

册)《魏晋文人思想论》《红楼梦思想与人物》等，译著有：《迷途》《孩子的心》《三人》等。

家住的房子，院子里总有几十株花草，一年四季，不断地开着鲜艳的花。他们都懂得培植，懂得衬贴。一丛小竹的旁面，栽着几树桃，绿梅的旁面衬着红梅，蔷薇的附近，植着橙柑，这种衬贴扶持，显出调和，显出不单调。

成都的春天，恐怕要比北平江南早一月到两月罢。二月半到三月半，是梅花盛开的时候，街头巷尾，院里墙间，无处不是梅花的颜色。绿梅以清淡胜，朱砂以娇艳胜，粉梅则品不高，然在无锡梅园苏州邓尉所看见的，则全是这种粉梅也。"疏影横斜水清浅，暗香浮动月黄昏"，林和靖先生的诗确是做得好，但这里的好梅花，他恐怕还没有见过。碧绿，雪白，粉红，朱红，各种各样的颜色，配合得适宜而又自然，真配得上"香雪海"那三个字。

现在是三月底，梅兰早已谢了，正是海棠玉兰桃杏梨李迎春各种花木争奇斗艳的时候，杨柳早已拖着柔媚的长条，在百花潭浣花溪的水边悠悠地飘动，大的鸟小的鸟，颜色很好看，不知道名字，飞来飞去地唱着歌。薛涛林公园也充满了春意，有老诗人在那里吊古，有青年男女在那里游春。有的在吹箫唱曲，有的在垂钓弹筝，这种情味，比起西湖上的风光，全是两样。

花朝，是成都花会开幕的日子。地点在南门外十二桥边的青羊宫。花会期有一个月。这是一个成都青年男女解放的时期。花会与上海的浴佛节有点相像，不过成都的是以卖花为主，再辅助着各种游艺与各地的出产。平日我们在街上不容易看到艳妆的妇女，到这时候，成都人倾城而出，买花的，卖花的，看人的，被人看的，摩肩擦背，真是拥挤得不堪。高跟鞋，花裤，桃色的衣裳，卷卷的头发，五光十色，无奇不有，与其说是花会，不如说是成都人展览会。好像是闷居了一年的成都人，都要借这个机会来发泄一下似的，醉的大醉，闹的大闹，最高兴的，还是小孩子，手里抱着风车风筝，口里嚼着糖，唱着回城去，想着古人的"无人不道看花回"的句子，真是最妥当也没有的了。

到百花潭去走走，那情境也极好。对面就是工部草堂，一只有篷顶的渡船，时时预备在那里，你摇一摇手，他就来渡你过去。一潭水清得怪可爱，水浅地方的游鱼，望得清清楚楚，无论你什么时候去，总有一堆人在那里钓鱼，不管有鱼无鱼，他们都能忍耐地坐在那里，谈谈笑笑，总要到黄昏时候，才一群一群地进城。堤边十几株大杨柳，垂着新绿的长条，尖子都拂在水面上，微风过去，在水面上摇动着美丽的波纹。

没有事的时候，你可以到茶馆里去坐一坐。茶馆在成都真是遍地都是，一把竹椅，一张不成样子的木板桌，你可以泡一碗茶（只要三分钱），可以坐一个下午。在那里你可以看到许多平日你看不见的东西。有的卖字画，有的卖图章，有的卖旧衣服。你有时候，可以用最少的钱，买到一些很好的物品。郊外的茶馆，有的临江，有的在花木下面，你坐在那里，喝茶,吃花生米,可以悠悠地欣赏自然,或是读书,或是睡觉,你都很舒服。高起兴来,还可以叫来一两样菜,半斤酒,可以喝得醺醺大醉,坐着车子进城。你所感到的,只是轻松与悠闲,如外面都市中的那种紧张的空气,你会一点也感不到。我时常想,一个人在成都住得太久了,会变成一个懒人,一个得过且过的懒人。

(1963年3月底于成都)

简评

　　1937年夏,刘大杰先生回上海探亲,适逢抗日战争爆发,交通断绝,紧接着住上海8年,这一段日子里,基本上依靠妻子教书的薪金维持生活。沦陷的大上海,使作者记忆中的成都的春天真是与众不同——成都的春天"显出调和,显出不单调""有一点京派的风味"。成都的春天比北平、江南早到一两个月。在三月底时,各种花木争相斗艳,"比起西湖上的风光,全是两样"。难怪,到成都不久,刘大杰先生就挥笔写下了《成都的春天》。

　　本文的前半部分是对"成都的春天"特点的概述,读后令人顿生向往之意:成都人喜欢莳花弄草;成都花会要长达一个月;这时候,成都人倾城而出,买花的,卖花的,看人的,被人看的,摩肩擦背,真是拥挤不堪;无论你什么时候去百花潭,总有一堆人在那里钓鱼,不管有鱼无鱼,他们都能忍耐地坐在那里,谈谈笑笑,总要到黄昏时候,才一群一群地进城。"郊外的茶馆,有的临江,有的在花木下面,你坐在那里,喝茶,吃花生米,可以悠悠地欣赏自然,或是读书,或是睡觉,你都很舒服。"成都茶馆是休闲的好去处。"从外面来的朋友,没有一个人不骂成都的天气,但没有一个不爱成都的花木。"作者深有感触地如是说。

季节更替、花开花落最容易勾起人的情思，"伤春""悲秋"是多数文人化不开的文化情结，也是中国文学的传统母题。本文脱离了"伤春"的窠臼，在另一个层面咏叹成都的时令和风俗民情，开拓出一片新的境界，使读者从中得到某种启迪和感悟。成都的春天在作者的笔下是那样的传神：闲情看梅花，郊外喝春茶——"二月半到三月半，是梅花盛开的时候，街头巷尾，院里墙间，无处不是梅花的颜色。绿梅以清淡胜，朱砂以娇艳胜，粉梅则品不高。……没有事的时候，你可以到茶馆里去坐一坐。"茶馆在成都真是遍地开花，满城茶香，满城梅花，能不让人流连其间？

本文开头即说，"成都天气……宜于养花木，不宜于养人"。在作者的笔下，春天的成都就是一座花城，连穷人家都喜种花；而百花潭、薛涛林公园则是赏花的好去处；青羊宫的花会更热闹得令人神往。这样的花城又怎会"不宜于养人"呢？成都人在春天赏花，上茶馆，享尽悠闲之乐，"外面都市中的那种紧张的空气，你会一点感不到"。成都的春天内涵是丰富的，有个性的。作者抓住了两个方面：成都的花木，成都的人。比起其他地方，成都的花木：奇、多、好、长、早，这充分显示出成都春天的特色。成都的人天性爱花，爱美，不唯富人才植兰品梅，穷人的院子里也总有几十株花草。一丛小竹旁边栽着几树桃，绿梅旁面衬着红梅，蔷薇的附近植着橙柑，这种衬贴扶持，显出调和，显出不单调。没有人的爱好，成都的花木自然会减色不少。

本文最突出的描写，是作者笔下"成都春天"里，还有那让人不能忘怀的遍地的茶馆。这印证了那句久传的俗语：北京衙门多，上海洋行多，广州酒店多，成都茶馆多。全民坐茶馆，真是成都城最有特色的风景，无长幼、无阶级，任何人都可以找到适合自己的茶馆，或喝茶读报，或围坐搓麻，最享受的还会请舒耳郎掏掏耳朵捏捏肩颈。喝茶对成都人来讲，可谓是一等一的大事。据说，茶馆是成都人的第二居所，第二办公区,第一休闲地。成都人皆津津乐道:"茶馆是个小成都,成都是个大茶馆。"把自己埋在藤椅里,捧一壶盖碗茶,看着熙来攘往的街市发呆,不以为然地将大把时光挥霍掉。这样的生活真是令匆匆路过的外来人既艳羡又无奈。

　　本文的后半部分展示了成都人生活的一个个特写镜头,由这些镜头可以看出成都人的日常生活特点。春天,不仅可以通过景物表现出来,还可以通过人的活动表现出来。作者在文章的结尾写了这样一句话:"我时常想,一个人在成都住得太久了,会变成一个懒人,一个得过且过的懒人。"这隐隐地流露出作者作文时的另一种担忧的心情。写人的活动,主要是为了突出成都的春天"宜于养花木,不宜于养人",也表达出作者对成都人的懒散是颇有微词的,因为作者一直以来都秉承着积极的生活态度。

芙
蓉城

◇ 罗念生

燕京城像一个武士,虽是极尽雄壮和尊严,但不免有几分粗鲁与呆板;芙蓉城像一个文人,说不尽的温文,数不完的雅趣。芙蓉城的地基相传是西王母大发慈悲,用香灰在水面炼成的:城中从来不敲五更,因为敲了便会沉没;不信,掘地三尺便可见水,好像历城一样,到处都是水源。这城在一个高原的盆地中央,四周环绕着"蓊郁千山峰"。西望灌县的雪岭如在瑞士望阿尔卑斯山的雪影一般光洁。春天来时,山上的积雪融化了,洪水暴发,流过一个极大的灌口;那儿筑着一道长堤,防范这水泛滥。这堤比黄河的堤防还更坚实,还更紧要,特派一员县令治理,倘有疏心一点,那座城池顷刻就会变作汪洋。口内

本文选自罗念生著《罗念生全集·第9卷 从芙蓉城到希腊》(上海人民出版社2007年版)。罗念生(1904—1990),四川威远人。著名学者、教授,在古希腊文学的翻译研究中有杰出贡献。主要作品有:诗集《龙涎》,论文集《论古希腊戏剧》,散文集《希腊漫话》《芙蓉城》等,译著有:《诗学》《修辞学》《儿子的抗议》等。

的水力比起奈阿加拉瀑布还要强:磨成水电,全省可以不烧柴炭。从这灌口分出几十支河流,网状般荟萃在岷沱二江,芙蓉城就在这群水的中央。谷雨时节,堤边开放一道水门,让清亮的雪水流下盆地给农家灌溉。这些农田多是方方块块的,有古井田的遗风,也就像我们顶新派诗人的"整齐主义"一样美。这儿的土壤很肥沃,一年计有三次收获,今天割了麦,明天便插秧,眼前黄金变成翡翠。这儿也许冷,但冷得不让结冰,也许吹风,但不准沙石飞扬,也许有尘埃,但不致污秽你的美容,这儿云多,云多是这儿的光彩:"锦屏云起易成霞",所以南边的邻省叫做"云南"。

"蜀先人肇自人皇",在很古时代,就有人想到西方的"古天府",但那时无路可通,"秦开蜀道置金牛",才辟了一条"金牛道"。后来发现了西方有灵气,"大耳儿"据了芙蓉城南面称尊;至今少城内还遗存一座金銮宝殿,仿佛京师的太和殿一般尊严华丽。不久,又有一位风流皇帝在马嵬驿抛了爱妃,逃到"天回镇":他望见那儿有一团异氛,忙命太子返旗兴师,自己却跑到芙蓉城乐享天年。如今改朝换代,还有人觉得那山川险峻,可攻可守;所以我们的国父戎机不顺时,想进去闭关休养;那位长胜将军"匹马单刀白帝城",也逗留在那边疆上,一心想进驻蓉城。

芙蓉城对穿九里半,周绕四十里。从孟旭开端,城上遍植芙蓉,硕美鲜艳。"二十四城芙蓉花,锦官自昔称繁华"。中央有少城,也有一座煤山。西南角石牛寺旁有块"支机石",高与人齐,略带青紫,相传是织女的布机堕下人间,还有一块尖锐的"天涯石",生在宝光寺,象征远行人的壮志。城中古迹要数文翁兴学的"石室",君平算命的卜肆,扬雄的"子云亭"和他抄太玄经的洗墨池。

西郊外可寻访相如的古琴台,在市桥西岸,也就是文君当炉涤器的地方。北门外可望凤凰山,满生着青蔚的梧桐。山旁有驷马桥,相如当日豪语道:"不乘高车驷马,不过此桥"。附近有昭觉寺,寺大僧多,古柏苍翠。明代的"和尚天子"曾在那儿选高僧辅佐诸王,可知名器的隆重了。东关外有望江楼,不亚于黄鹤楼的举目空旷;前人有半边对子,缺少下联:"望江楼,望江流,望江楼上望江流,江楼千古,江流千古"。旁边有一口古井,每个名士、每个游人都要取点井水来品尝:因为多才多色的薛涛的香魂潜没在井中,所以这水就香艳名贵了。江上顶好耍是端午的龙舟竞渡:名士、美人、观客,重重叠叠聚在江边,耳听火炮一响,龙舟鸣金击鼓奔向彩舫,忽然一只酒醉的水鸭从舫上飞下,群龙怎样奋勇也擒不住它。江水流到峨眉山麓,转变黑了,特产一种美味的墨鱼,相传是东坡洗砚台染黑了的。

南郊不远就到武侯祠。祠前有几抱大的古柏,传说是孔明亲手植的,恍惚像孔林的枯桧。这老柏有些灵怪,不逢盛世,不发青枝。祠内竹林修茂,气象森威;先帝的衣冠坟像一个山头,横斜着楠木几本。正殿上有副对联:"三分割据纡筹策,万古云霄一羽毛"。殿旁古式的草亭里存放着空城计弹用的古弦琴,亭周题满了名句,还记得几字:"问先生所弹何调,居然退却十万雄兵?"想司马氏见了,当如何懊恼。到如今依然祭祀隆重,时有过客瞻拜;庙宇重修,正梁是千里外运来的一根"乌木"。

南门口有一道长拱的石桥,很像颐和园的十七孔桥。"万里桥西一草堂",逆流西上,行过芦花小径,直通"草堂寺"。寺门很古雅,两旁题着"花径不曾缘客扫,蓬门今始为君开",你见了也必心中荣幸,充满了无边的诗意。石砌上的苔痕,垣墙外的野草,虬干的古梅,清幽的竹径,都是杜公当年的诗料。堂前有一方很深的池塘,塘内养着许多鱼鳖,有的白鲤已长到"丈大丈长"。如果你抛下一块面饼,那些鱼会成团起来吞食,嘴皮伸到水面有茶碗样大,吞起东西来"嗵嗵"地响。一个暮春晚上,杜公在池畔吟诗未成,忽觉青蛙叫得烦腻,他用朱笔在蛙的头上点了一点,封它到十里外去唤"哥哥";所以如今草堂寺的青蛙头上有一点红痣。逢到四月十九"浣花节",你可邀约良朋,泛舟到草堂,摆一台"浣花宴",醉酒赋诗,极尽雅人雅事。

出寺不远就到百花潭,又叫浣花溪;水涯竹木丛生,天然幽韵,这溪水用来濯锦,格外鲜明,薛涛曾取这水制造十色笺。"百花潭水即沧浪",后人因爱慕这名句,在溪边的柏林里年年春天举办"花朝会"。全省的花卉宝器都送到那儿赛会,远近的人都爱到那儿观赏。城内的戏园、茶社、酒肆、商场和音乐、武艺、球戏等娱乐都移到花会去。见天有成千成万的游客观花玩景:会场内笑声与管弦合奏,美色与名花斗艳。妇女们更有别样的心事,进青羊宫道院去摸弄青羊,许下求嗣的心愿。你高兴可以到处游玩,有何首乌,有灵芝草,江安的竹器,精巧玲珑,峨眉山的"眉尖",清甜适口。倦了,你踏进酒家酌饮几杯,别忘了当炉的美人。醉后,你醺醺地在十里花圃中息芳香,看美色,这艳福几生修到!

芙蓉,你的自然美妙,你的文艺精英,我还不曾描出万一。愿你永葆天真,永葆古趣,多发几片绿叶,多开几朵鲜花,别给楼高车快的文明将你污秽了,芙蓉!

简评

罗念生先生1922年考取清华学校。作为乡村教书先生的父亲罗九成,为了儿子的学业,弃教从商。但是,很快,父亲罗九成的炼铁生意破产,家道开始破落,故难以支付他每年近200元的学习费用。上大学的罗念生只得改学文学,为的是在学习之余,以习作和译稿挣得稿费以维持生活和学业。1927年,经挚友朱湘引荐,罗念生成为北京《朝报》文艺副刊的编辑,从此开始了他的新诗及散文的创作。他的诗作大多收入新诗集《龙涎》中;散文收入以描写蜀中山水风情为特色的《芙蓉城》散文集中。

《芙蓉城》是作者发表的第一篇散文,也成了作者第一本散文集的书名。罗念生的家乡——连界场庙坝为煤矿山区。其父曾在离家不远的镇上开馆办私塾。当时的连界场庙坝没有小学,幼年的罗念生只能随父亲在外读私塾。因父亲亲授的便利条件,加之他自己的刻苦学习,他熟读古书,才思敏捷,记忆超群,所作文言文深得乡贤称赞。课余常与小友们去池塘垂钓,墙边捉蟋蟀,山间打猎,享受着大自然和田园的乐趣。《芙蓉城》中的大多数散文描述的是当时的生活情景。林语堂先生曾称赞他的文字"清秀"。朱湘认为他的散文"风格清丽,有一奇气"。

"芙蓉城"是我国古代对四川成都的美称,象征着人们对安居乐业的追求,对美丽、浪漫的"芙蓉花神"的向往。也正是因为这种美好的情感传承,才让成都有着一种与众不同的味道,让人们来到这里就感觉心情放松,自在而从容。作者当年"自然美妙""文艺精英"的赞叹,即使是今天的成都人也是能接受的。

今天，对于很多外地人来说，成都意味着休闲。在这里人们有很多时间喝茶，打麻将，摆龙门阵，乃至无所事事。更何况，天府之国，天遂人愿，成都气候对于很多处于"水深火热"的城市来说更显得其"适于人类居住"。所以，越来越多的慕名而来的外地人到了成都，享受了物美价廉、声色俱佳的各类娱乐生活。刘大杰先生在《成都的春天》中这样写道："我时常想，一个人在成都住得太久了，会变成一个懒人，一个得过且过的懒人。"成都人和成都以外的人会作何想？

罗念生先生所写的芙蓉城与刘大杰先生笔下的成都，最大的不同之处，是文中一字不提成都，处处以芙蓉代之，除了因成都城中遍植芙蓉而有此美称外，可能还源于作者的见识：特有的清雅之气，唯有芙蓉二字才能配得上、道得出。诚如作者所言，本文描绘的一是芙蓉城的自然美妙，二是芙蓉城的文艺精英，两者都离不开清雅。写名城本非易事，然本文却能巧妙地化用历史典故、文章诗句，以之强化芙蓉城的芙蓉气质，将一座城写得如清雅脱俗的花、如玉洁冰清的人。美丽、清雅、脱俗之气扑面而来。杂文家何满子先生曾经专门撰文写成都人文雅的特征：成都人最喜欢"掉文"。比如，两位老妇聊天，议论某人，其中一个鄙薄她们所议论的那人"穷斯滥矣"，这便是《论语·卫灵公》中"君子固穷，小人穷，斯滥矣"的妙用。别的城市，墙上不许招贴，就只写上"不准招贴"，而成都却要文绉绉地写上："此处不准招贴，君子务须自重！"这也是本文和刘大杰先生《成都的春天》语言风格上的不同之处。

传统的文章作法，有文以载道、卒章显志。刘大杰、罗念生二位先生在处理散文的结尾上笔法极其相似，结尾表明自己的观点。刘大杰先生的《成都的春天》前面已经说了。《芙蓉城》里我们读到文章的最后两行，看看今日成都，抚今追昔，深感已不幸被作者所言中："芙蓉，你的自然美妙，你的文艺精英，我还不曾描出万一。愿你永葆天真，永葆古趣,多发几片绿叶,多开几朵鲜花,别给楼高车快的文明将你污秽了,芙蓉!"被高楼快车所污秽的城市文明,又何止芙蓉一城?1927年的作者,还真不是杞人忧天!足以看出作者的先见之明。

塞纳河畔的无名少女

◇冯至

本文选自中国现代文学馆编《冯至代表作：塞纳河畔的无名少女》（华夏出版社1999年版）。冯至（1905—1993），原名冯承植，直隶涿州人。诗人、学者。曾任中国社科院外国文学研究所所长、中国作家协会副主席。主要作品有：诗集《昨日之歌》《北游及其他》，散文集《山水》，论著《论歌德》《杜甫传》等。

修道院楼上的窗子总是关闭着。但是有一天例外，其中的一只窗子开了。窗内现出一个少女。

巴黎在那时就是世界的名城：学术的讲演，市场的争逐，政治的会议……从早到晚，没有停息。这个少女在窗边，只是微笑着，宁静地低着头，看那广漠的人间；她不知下边为什么这样繁华。她正如百年才开一次的奇花，她不知道在这百年内年年开落的桃李们做了些什么匆忙的事。

这时从热闹场中走出一个人来，他正在想为神做一件工作。他想雕一个天使，放在礼拜堂里的神的身边。他曾经悬想过，天使是应该雕成什么模样——他想，天使是从没有离开过神的国土，不像人们已经被神逐出了乐园，又百方设计地想往神那里走去。天使不但不懂得人间的机巧同悲苦，就是所谓快乐，他也无从体验。雪白的衣裳，轻软的双翅，能够代表天使吗？那不过是天使的装饰罢了，不能表示天使的本质。他想来想去，最重要的还是天使的面庞。没有苦乐的表情，只洋溢着一种超凡的微笑，同时又像是人间一切的升华。这微笑是鹅毛一般轻，而它所包含的又比整个的世界还重——世界在他的微笑中变得轻而又轻了。但它又不是冷冷地毫不关情，人人都能从它那里懂得一点事物，无论是关于生，或是关于死……

但他只是抽象地想，他并不能把他的想象捉住。什么地方去找这样的一个模型呢？他见过许多少男少女：有的是在笑，笑得那样痴呆，有的哭，哭得又那样失态。他最初还能发现些有几分合乎他的理想的面容，但后来越找越不能满足，成绩反倒随着时日消减；归终是任何人的面貌，都禁不住他的凝视，不几分钟便显出来一些丑恶。

难道天使就雕不成了吗？

正在这般疑惑的时候他走过修道院，看见了这少女的微笑。不是悲，不是喜，而是超乎悲喜的无边的永久的微笑，笑纹里没有她祖母们的偏私，没有她祖父们的粗暴，没有她兄弟姊妹们的嫉妒。它像是什么都了解，而万物在它的笼罩之下，又像是不值得被它了解。——这该是天使的微笑了，雕刻家心里想。

第二天他就把这天使的微笑引到了人间。

他在巴黎一条最清静的巷中布置了一座小小的工作室，像是从树林中摘来一朵奇花，他在这里边隐藏了这少女的微笑。

在这清静的工作室中，很少听见外边有脚步的声音走来。外边纷扰的人间是同他们隔离了万里远呢，可是把他们紧紧地包围，像是四周黑暗的山石包住了一块美玉？他自己是无从解答的。至于她，她更不知她置身在什么地方。她只是供他端详，供他寻思，供他轻轻地抚摸她的微笑，让他沉在这微笑的当中，她觉得这是她在修道院时所不曾得到过的一种幸福。

他搜集起最香的木材，最脂腻的石块。他想，等到明年复活节，一片钟声中，这些无语的木石便都会变成生动的天使。经过长时间心灵上的预备，在一个深秋的早晨开始了他第一次的工作。他怀里充满了虔敬的心，不敢有一点敷衍，不敢有一点粗率。他是这样欢喜，觉得任何一块石一块木的当中都含有那天使的微笑，只要他慢慢地刻下去，那微笑便不难实现。有时他却又感到，微笑是肥皂泡一般地薄，而他的手力太粗，刀斧太钝，万一他不留心，它便会消散。

至于微笑的本身，无论是日光下，或是月光下，永久洋溢在少女的面上。怎样才能把它引渡到他为神所从事的工作上呢？想来好像容易，做起来却又艰难。

他所雕出的面庞没有一个使他满意。最初他过于小心了,雕出来的微笑含着几分柔弱,等到他略一用力,面容又变成凛然,有时竟成为人间的冷笑。他渐渐觉得不应该过于小心,只要态度虔诚,便不妨放开胆子做去。但结果所雕出的:幼稚的儿童的微笑也有,朦胧的情人的微笑也有……天使的微笑呢,越雕越远了。

一整冬外边是风风雨雨地过着,而工作室里的人却不分日夜地同这些木材石块战斗。

少女永久坦白地坐在他的面前——他面前的少女却一天比一天神秘,他看她像是在云雾中,虹桥上,只能翘望,不能把住。同时他的心里又充满了疑猜:不知她是人,是神,可就是天使的本身?如果是人,她的微笑怎么就不含有人所应有的分子呢?他这样想时,这天他所雕出的微笑,竟成为娼妇的微笑了……

冬天过去,复活节不久就在面前。他的工作呢:各样的笑,都已雕成,而天使的微笑却只留在少女的面上。等到他雕出娼妇的微笑时,他十分沮丧:他看他是一个没有根缘的人,不配从事于这个工作。——寒冷的春晚,他把少女抛在工作室中,无聊地跑到外边去了。少女一人坐在家中,她的微笑并没有敛去。

他半夜回来,醉了的样子像是一个疯人,他把他所雕的一切一件件地毁去,随后他便昏昏地倒在床上。少女不懂得这是什么事情,只觉得这里已经没

塞纳河畔的无名少女

025

有她的幸福。她不自主地走出房屋,穿过静寂的小巷,她立在塞纳河的一座桥上。

彻夜的歌舞还没有消歇,两岸弹着哀凉的琴调。她不知这是什么声音,她一点儿也听不习惯。她想躲避这种声音,又不知向什么地方躲去。她知道,修道院的门是永久地关闭着;她出来时外边有人迎接,她现在回去,里面却不会有人等候。工作室里的雕刻家又那样怕人,她再也不想同他相见,她只看见河里的星影灯光是一片美丽的世界,水不断地流,而它们却动也不动,只在温柔的水中向她眨眼,向她招手,向她微笑。她从没有受过这样的欢迎,她一步步从桥上走到岸边,从岸边走到水中……带着她永久的微笑。

雕刻家一晚的梦境是异样地荒凉。第二天醒来,烟灰早已寒冷。屋中除却毁去的石块木块外,一切的微笑都已不见。

他走到外边穿遍了巴黎的小巷。他明知在这些地方不能寻找到她。而他也怕同她见面,但他只是拼命地寻找,在女孩,少妇,娼妓的中间。

复活节的钟声过了,一切都是徒然……

一天他偶然走过市场,见一家商店悬着一副"死面具"。他看着,他不能走开。

店员走过来,说:"先生想买吗?"

他摇了摇头。店员继续着说:

"这是今年初春塞纳河畔溺死的一个无名的少女。因为面貌不改生态,而口角眉目间含着一缕微笑,所以好事的人用蜡注出这副面具。价钱很便宜,比不上那些名人的——"

雕刻家没有等到店员说完,他便很惊慌地向不可知的地方走去了。

这段故事,到这里就算终了。如今那副死面具早已失落,而它的复制却传遍了欧洲的许多城市。传播着那个雕刻家无法表达的永恒的无边的微笑。

1932年,写于柏林

简评

冯至先生留德期间曾广泛涉猎西方文学和哲学,并深受里尔克、基尔克郭尔、雅斯贝尔斯等存在主义大师的影响。在平静的生活中,洞察人生的潮起潮落和命运的升降浮沉,从而实现对生命密码的解读。冯至先生的散文《塞纳河畔的无名少女》贮满了诗意,虽然语言朴素诚挚,却有浑然天成的风格,文字如行云流水,轻轻从读者的心间飘过,引发人们广阔而又深沉的人生思考。

"无名少女"的故事是有所本的:大约1892年初春或是1891年底,巴黎的一个少女,她是一个雕塑家的模特,在塞纳河投河自尽。因为她死亡时的面貌不改生态,特别是口角眉目间还含着一缕微笑,所以被人铸出一副面具销售,面具的复制品遍及欧洲的大小城市。两三年后,这副面具迷倒了罗曼·罗兰,他把它与贝多芬的石膏面具挂在一起,并且声称自己生活在这两个幽灵当中,一个是理想的情侣,一个是理想的友人。1932年冯至先生在柏林买了这副少女面具的复制品,9月2日他写了著名的散文《塞纳河畔的无名少女》。有诗人气质的冯至先生是个至情至性的人,他用一双冷静的眼睛看待世间的人和事,却用敏锐的心灵感受人情的冷暖,用细腻的笔墨表达梦想的美好与现实的残酷。在他

塞纳河畔的无名少女

的作品里,我们可以感受到他冷冰冰的眼神,可以感受到他对幻想破灭的无奈,却也可以感受到他炽热的情感。他是一个对生活有着一颗热忱之心的人,尽管梦想和现实存在着无穷无尽的冲撞。

冯至先生在文中把"少女的面具"演绎成这样一个故事:一个雕刻家很想雕刻一个天使,但是他不知道天使长得什么模样,因为天使从来都是存在于人们的想象世界里,她具有人的特点也具有非人的特点,她不食人间烟火,没有谁见过她。这个雕刻家是一个追求本质的人,他不满足于用雪白的衣裳和软软的双翅来代表天使,因为那只是天使的装饰,他认为最重要的还是天使的面庞,但是这天使的面庞应该雕成什么样子?他抽象地想着。疑惑与迷茫接踵而至。就在这时,他看到了修道院窗边一位无名少女天使般的微笑。于是,那少女从修道院的门口出来,跨进了他深巷里一个清静的小工作室,但她不知道置身何方。"只是供他端详,供他寻思,供他轻轻地抚摸她的微笑,让他沉在这微笑的当中,她觉得这是她在修道院时所不曾得到过的一种幸福。"雕刻家搜集了最香的木材,最细腻的石块,开始了细致的工作,他想着第二年复活节到来的时候天使就会从他的手中诞生了!但是他在雕出了人间所有的笑之后都没能雕出无名少女的微笑——那天使的微笑。于是他绝望了,疯子一般狂暴地毁掉自己所雕的一件件东西,酗酒之后酩酊大醉了。无名少女再也不能在这个工作室里看到自己的幸福,于是不由自主地走出房屋,走出深巷,走上塞纳河上的桥梁,走到岸边,走向塞纳河的河心……"复活节的钟声过了,一切都是徒然……"少女的尸体被人发现,她的面貌竟然"不改生态,而口角眉目间含着一缕微笑",好事的人用蜡给她的面貌浇注了一个面模,出现在市场上。雕刻家在市场上看到了之后竟惊慌失措地逃离。后来,那副少女的面模失落了,但是它的复制品传遍了欧洲的许多城市。

故事到此结束了。读者可能会这样想:如果无名少女不走向塞纳河的河心，那么雕刻家会怎样？今天的塞纳河会怎样？无名少女后来会怎样？天使的微笑就是幸福的象征，是禁不起刻意追求的，雕刻家的错误就在于此，他不懂得天使的微笑只需在心中雕琢而无需用木头来雕刻；无名少女走向赛纳河的河心，为人们讲述着美丽的传说，她却没有想过如果她只停在桥上，那么人们将世世代代可以抚摸她那天使的微笑，而她也同样感受着幸福……冯至先生的散文总是和诗歌一样，清新委婉，却又蕴含着理性的思考，让人咀嚼、回味。这是一个浪漫而凄婉的故事。不过，作为诗人的作者，他并不只是在讲述一个故事，而是通过故事和人们探讨人与神、生与死、生活与艺术、现实与天堂等种种人生问题。透过故事，作者揭示的是人生的悖论所在。作者将这些值得深思的哲理性问题融入跌宕起伏的故事当中，却又不点明题旨，不表明自己的态度，而是让读者自己思考，使作品显现出极大的理性思考空间。优美的语言和浓郁的异国浪漫情调，又使作品隽永蕴藉，显示出独特的艺术魅力！

　　本文最突出的特点是，文中所弥漫的浓郁而神秘的诗情使它像一首凄美的诗。诗的灵魂，是作者对于人类理想追求创造出的一个美丽的寓言。这个寓言认真地告诉我们：人类应该脚踏实地把握住"实在的生"，努力把人间建设成天堂般的人间，这才是人类真正的理想追求。雕刻家的工作象征着人类这一理想追求；少女于温柔的水中香消玉殒，制成面具到处流传，借以表达人类自己追求的理想，代代相传，永不破灭。

五

月的青岛

◇ 老舍

本文选自老舍著《老舍全集·第 14 卷 散文 杂文》(人民文学出版社 2008 年版)。老舍(1899—1966),原名舒庆春,另有笔名絜青、鸿来、非我等,字舍予。北京人。中国现代小说家、著名作家,杰出的语言大师、人民艺术家,新中国第一位获得"人民艺术家"称号的作家。老舍的一生,总是忘我地工作,他是文艺界当之无愧

因为青岛的节气晚,所以樱花照例是在四月下旬才能盛开。樱花一开,青岛的风雾也挡不住草木的生长了。海棠,丁香,桃,梨,苹果,藤萝,杜鹃,都争着开放,墙角路边也都有了嫩绿的叶儿。五月的岛上,到处花香,一清早便听见卖花声。公园里自然无须说了,小蝴蝶花与桂竹香们都在绿草地上用它们的娇艳的颜色结成十字,或绣成几团;那短短的绿树篱上也开着一层白花,似绿枝上挂了一层春雪。就是路上两旁的人家也少不得有些花草:围墙既矮,藤萝往往顺着墙把花穗儿悬在院外,散出一街的香气;那双樱,丁香,都能在墙外看到,双樱的明艳与丁香的素丽,真是足以使人眼明神爽。

山上有了绿色，嫩绿，所以把松柏们比得发黑了一些。谷中不但填满了绿色，而且颇有些野花，有一种似紫荆而色儿略略发蓝的，折来很好插瓶。

青岛的人怎能忘下海呢。不过，说也奇怪，五月的海就仿佛特别的绿，特别的可爱，也许是因为人们心里痛快吧？看一眼路旁的绿叶，再看一眼海，真的，这才明白了什么叫做"春深似海"。绿，鲜绿，浅绿，深绿，黄绿，灰绿，各种的绿色，联接着，交错着，变化着，波动着，一直绿到天边，绿到山脚，绿到渔帆的外边去。风不凉，浪不高，船缓缓的走，燕低低的飞，街上的花香与海上的咸味混到一处，浪漾在空中，水在面前，而绿意无限，可不是，春深似海！欢喜，要狂歌，要跳入水中去，可是只能默默无言，心好像飞到天边上那将将能看到的小岛上去，一闭眼仿佛还看见一些桃花。人面桃花相映红，必定是在那小岛上。

这时候，遇上风与雾便还须穿上棉衣，可是有一天忽然响晴，夹衣就正合适。但无论怎说吧，人们反正都放了心——不会太冷了，不会。妇女们最先知道这个，早早的就穿出利落的新装，而且决定不再脱下去。海岸上，微风吹动少女们的发与衣，何必再去到电影园中找那有画意的景儿呢!这里是初春浅夏的合响，风里带着春寒，而花草山水又似初夏，意在春而景如夏，姑娘们总先走一步，迎上前去，跟花们竞争一下，女性的伟大几乎不是颓废诗人所能明白的。

的"劳动模范"。主要作品有：小说《骆驼祥子》《四世同堂》，剧本《茶馆》等。

人似乎随着花草都复活了,学生们特别的忙:换制服,开运动会,到崂山丹山旅行,服劳役。本地的学生忙,别处的学生也来参观,几个,几十,几百,打着旗子来了,又成着队走开,男的,女的,先生,学生,都累得满头是汗,而仍不住的向那大海丢眼。学生以外,该数小孩最快活,笨重的衣服脱去,可以到公园跑跑了;一冬天不见猴子了,现在又带着花生去喂猴子,看鹿。拾花瓣,在草地上打滚;妈妈说了,过几天还有大红樱桃吃呢!

马车都新油饰过,马虽依然清瘦,而车辆体面了许多,好作一夏天的买卖呀。新油过的马车穿过街心,那专作夏天的生意的咖啡馆,酒馆,旅社,饮冰室,也找来油漆匠,扫去灰尘,油饰一新。油漆匠在交手上忙,路旁也增多了由各处来的舞女。预备呀,忙碌呀,都红着眼等着那避暑的外国战舰与各处的阔人。多咱浴场上有了人影与小艇,生意便比花草还茂盛呀,到那时候,青岛几乎不属于青岛的人了,谁的钱多谁更威风,汽车的眼是不会看山水的。

那么,且让我们自己尽量的欣赏五月的青岛吧!

简 评

1936—1937年,老舍旅居青岛,住在市南区黄县路12号,并在此完成了著名长篇小说《骆驼祥子》的写作。2010年,有关部门为纪念老舍先生的文学成就,将这里辟为"骆驼祥子博物馆"。

在青岛生活期间,老舍先生有感而发,创作了散文《五月的青岛》。

青岛是我国著名的海滨旅游城市,避暑胜地,自古以来吸引着众多的中外游客。1937年前后,青岛虽名为国民党统治管辖,但日本侵略军及德国传教士等外国势力在胶州半岛多有分布。因此,到了避暑的时节,青岛就汇聚了许多外国战舰和各处来的阔人。作者也因此而选取"五月"这个属于青岛人的时间,对青岛进行纵情的描写和展示。阅读时,首先应注意理解作者是在怎样一种复杂的情绪背景中描写"五月的青岛"的。

本文是一篇充满生活气息、诗情画意、情景交融的优美散文。作者尽情地赞美了青岛的美丽,字里行间渗透着作者深沉的爱国主义情感。文章不但立意深远、意境壮阔、语言优美,而且构思非常精巧,画面的逐层展现,极具艺术匠心。

老舍先生对他所领略过的风土人情有热烈的爱。在这方面,老舍先生有常人所没有的独特感受,对人情有很温馨的品位力,对风土习俗有生动的鉴别接受力。故而,他能看到别人习见而无动于衷的东西,能写出别人看到而写不出的文字,他的文章往往别有感悟,出之以幽默的笔调,让人读后回味无穷。

作者笔下五月的海的色彩就颇具特色:"五月的海就仿佛特别的绿,特别的可爱,也许是因为人们心里痛快吧?看一眼路旁的绿叶,再看一眼海,真的,这才明白了什么叫做'春深似海'。绿,鲜绿,浅绿,深绿,黄绿,灰绿,各种的绿色,连接着,交错着,变化着,波动着,一直绿到天边,绿到山脚,绿到渔帆的外边去。"大海传播着绿色,这是多么奇特、多么温馨的感受啊!作者大胆地突破了海的蓝色调,使之更贴近人类——此刻的大海像个闲不住的孩子,有无穷的生命力。作者一贯是自然的崇拜者。无论是单一的绿色,还是缤纷的五彩,落笔都是画,画中一片柔情。但是,在大自然面前,作者心中澎湃的激情,也时常一泻千里,不可遏制。他赞颂自然的神秘和绝妙,并把自己的感受直接融入其中,尤其是在1937年的青岛那个复杂的情绪背景之中。

老舍先生的文章无处不闪烁着幽默的光辉。读他的文章,我们感觉读的不是一场生硬的演出,而是一部生动的戏剧:"预备呀,忙碌呀,

五月的青岛

都红着眼等着那避暑的外国战舰与各处的阔人。多咱浴场上有了人影与小艇，生意便比花草还茂盛呀，到那时候，青岛几乎不属于青岛的人了，谁的钱多谁更威风，汽车的眼是不会看山水的。"这种自我解嘲中带着自己对艺术的完美追求。总之，老舍先生的幽默是融汇中西的，是睿智深刻的，又是内敛宽容的，他将酸甜苦辣全熔铸在一笑之间。老舍先生的幽默也是雅俗共赏的，不同的人读老舍先生的散文自有不同的体会和感悟。

老舍先生一支生花妙笔把五月的青岛写得诗情画意、生机盎然，然而，最精彩的是那段对青岛五月的大海"绿"的生动描绘。"绿"是春天的颜色，生命的象征，写好绿就写出了五月青岛的生机，让我们感觉到走进了一个花团锦簇、春深似海、生气勃勃的城市，绚丽明媚得让我们想笑、想唱、想跳……，五月的青岛是花的海洋、绿的世界。人们在海边尽情地享受着轻风和细浪，海岸上微风中的少女恰似春天里一道移动的风景，孩子们在游玩嬉戏，人们享受着五月的青岛、享受着美好的生活。

五月的青岛是美丽的，最美的是孩子们，看吧："人似乎随着花草都复活了，学生们特别的忙：换制服，开运动会，到崂山丹山旅行，服劳役。本地的学生忙，别处的学生也来参观，几个，几十，几百，打着旗子来了，又成着队走开，男的，女的，先生，学生，都累得满头是汗，而仍不住的向那大海丢眼。学生以外，该数小孩最快活，笨重的衣服脱去，可以到公园跑跑了；一冬天不见猴子了，现在又带着花生去喂猴子，看鹿。拾花瓣，在草地上打滚；妈妈说了，过几天还有大红樱桃吃呢！"这些孩子们欢乐的场面，在今天孩子的身上，可是难得一见。今天的孩子，他们的幸福生活，是老舍时代的孩子们做梦也想不到的，唯独少了一份本该属于他们的快乐。给孩子们一个完美的童年，比什么都好。梁启超说过："今日世界之竞争，国民之竞争也。"孩子们的童年时代，倘若没有一份留在自己心里的快乐，就不能快乐、健康地成长。

这或许是老舍先生写《五月的青岛》时还没有想到的。

我

还没有见过长城

◇吴伯箫

本文选自吴伯箫著《烟尘集》(上海文艺出版社1979年版)。吴伯箫(1906—1982),原名熙成,笔名山屋。山东莱芜人。散文家和教育家。历任东北大学社会科学院副院长,东北师范大学副教务长兼文学院院长,中华全国文学工作者协会全国委员会理事、秘书长,东北教育学院副院长,中国文联委员,社会科学院文学研究所

真惭愧,我还没有见过长城。

记得六年故都,我曾划过北海的船,看那里的白塔与荷花;陶然亭赏过秋天的芦荻,冬天的皓雪;天桥,听云里飞,人丛里瞧踢毽子的,说相声的;故宫与天坛,我赞叹过它的壮丽和雄伟;走过长长的西长安街,与挤满了旧书及古董的厂甸;西郊赶过正月十五白云观的庙会,也趁三月春好游过慈禧用海军费建造的颐和园,那里万寿山下有昆明湖,湖畔有铜牛骄蹇。东郊南郊都作过漫游,即无名胜,近畿小馆里也可喝茶,吃满汉饽饽。还有走走就到的东安市场,更是闲下来蹓跶的大好地方。可是,六年,西山温泉我都去过,记得就没去什刹海。为此,离开了故都曾被

人嫌弃说"太陋"。说："什刹海都没逛过，还配称什么老北京！"当时真也闭口无言。有一年发狠，凑巧有缘重返旧京，记得还没有进旅馆的门就雇好了去什刹海的车子。夏天，正赶上那里热闹；地摊子戏，搭台的茶座，直挨着访问了个足够。印象仿佛并不好，心头重负却卸去了。记得第二天，才有空去文津街，进国立图书馆。

现在想：什刹海不见算什么呢？没去看长城才是遗憾！啊，万里长城！去北京只不过几个钟头的火车。

万里长城，孩提时的脑子里就早已印上了它伟大的影子了。读中国古代史，知道战国时候，魏惠王、燕昭王、胡服变俗的赵武灵王，都曾段落地筑过长城，来卫国御胡；秦始皇遣蒙恬斥逐匈奴之后，又因地形，制险塞，从临洮至辽东将长城来了个连络的修筑，广袤万余里；工程的浩大，那不是隋朝底运河、非洲底苏彝士所能比拟的。秦始皇焚书坑儒，建阿房，销兵器，千百年来在人们的脑子里留下的是一个暴君的影子，独独万里长城至今亮在祖国人民的心里，矗立在祖国连绵的山上，成为四千年文明古国的标志。这不是因为万里长城是秦始皇底什么丰功伟绩，而是因为它是几千年古代劳动人民血肉的结晶！

曩昔，在万年书屋，听主人告诉：有一次趁京绥车，过南口车站，意欲去青龙桥，偶尔站台小立，顺了一目荒旷的山麓望去，遥瞻依地拔天的万里长城，那雄伟的气象，使你不觉要引吭高呼。嵯峨的山巅上

副所长等职务。主要作品有：散文集《羽书》《烟尘集》《黑与红》《出发集》《北极星》等。

是蜿蜒千回的城墙,是碉堡,是再上去穹窿似的苍天。山下是乱石,是谷壑,是秋后的蔓草婆娑。西风刷过,那一脉萧萧声响,凄凉里含了悲壮,令人巍然独立,觉得这世间只有自己,却又忘怀了自己。很记得,主人说时,从沙发椅上跳起来,竖起大拇指,蔼然的脸上满罩了青年的光辉。记得从万年书屋出来的归途,披了皎洁的三五月,自己迈的是鸵鸟般的大步。

又一回,一个青年画家朋友,谈到自己绘画的进步,说几乎象英国拜伦一觉醒来成了桂冠的诗人一样,是逛了一次长城,才将笔法放开,心胸也跟着宽阔了的。那谈吐的神情,也简直令人疑惑他生生吞下了一座长城的关口。是呢,听说太史公司马迁周览了名山大川,文章才满蕴了磅礴的奇气。江南风物假若可以赋人以清秀的姿容,艳丽的才藻,塞北的山峦与旷野是会给人以结实的体魄,雄厚的灵魂的。啊,长城!

从山海关一路数去,你知道么?象喜峰口、古北口,象居庸关、雁门关,一个个中原的屏藩要塞,上口真要有霹雳般的响亮呢。一夫当关,万夫莫敌,守得住一处,就可保得几千里疆域。啊,真愿意挨门趋访,去问问古迹,温温古名将底手泽,从把守关口的老门丁和城下淳朴的住户那里,听取一点孟姜女底传说,金兀术与忽必烈底史实。但是我还没去!

朋友,你可想过,在长城北边,那黄河九曲惟富一套的地方,带一帮茁壮的男女,去组织一处村落,疏浚纵横支渠,灌溉田亩,作一番辟草莱斩荆棘的开垦事业么?那里地土最肥,人烟还稀。你可想过,在兴安岭的东南阴山山脉的南部那一抹平坦的原野,去借滦河、饮马图河的流水,春夏来丰茂的牧草,来编柳为棚,垒土为壁,于"马圈子"里剔羊毛,养骆驼,搾牛奶么?那工作顶自由,顶洒脱。不然,骑马去罢!古北口的马匹有名哩。凑煦日当头,在平沙无垠的原野里,你尽可纵身于野马群中,跨上一匹为首的骏骥,其余的会跟你呼啸而至的。不要怕那嚎嚎嘶声,那不是示威,那是迎迓的狂欢,你就放胆驰骋奔腾罢,管许将你满怀抑郁吹向天去。"毡幕绕牛羊,敲冰饮酪浆",那边塞寒冬霏雪凝冰时的生活,你也想尝尝么?住蒙古包,烤全羊,是有它的滋味的。汉王昭君曾戎装乘马抱琵琶出塞而去;文姬归汉,也曾惹得胡人思慕,卷芦叶为吹笳,奏哀怨的十八拍。巾帼中有此矫健,难道你堂堂须眉就只知缩了尾巴向后退么?

　　唉,说什么,朋友,我还是没见过长城!在恨着自己,不能象大鹏鸟插翅飞去;在恨着自己,摆不脱蜗牛似的蹊径,和周身无名的链索。投笔从戎倒好,可惜没有班仲升底韬略。景慕张骞,景慕马援,但又无由去出使西域,去马革裹尸。奈何!哈,"匈奴未灭,何以家为!"汉骠骑将军霍去病那才算有骨头!无怪他六出伐匈奴,卒得威震异域。

　　我还没见过长城!但是,长城我是终于要见见的!有朝一日,我们弟兄从梦中醒了,弹一弹身上的懒惰，振一振头脑里的懵懂，预备好，整装出发，我将出马兰峪，去东北的承德、赤峰；出杀虎口，去归绥、百灵庙；从酒泉过嘉峪关，去西安、哈密、吐鲁番。也想，翻回来，再过过天下第一关，去拜拜盛京，问候问候那依旧的中国百姓！

长城，登临匪遥，愿尔为祖国屏障，壮起胆来！

简评

抗日战争爆发后，吴伯箫先生满怀报国之志，毅然放弃了优裕的生活，于1938年4月投奔革命圣地延安，先在抗日军政大学第四期一大队政治班学习四个月，后到晋东南前方工作。在与延安抗日军民长期的共同生活、斗争中，他积累了丰富的第一手资料，创作了《潞安风物》《冰州行》《响堂铺》《路罗镇》等大量反映抗日军民生活的作品。在这些作品中，散文《我还没有见过长城》颇具特色。

一个没有去过长城的人，却能写出长城；一个没有去过长城的人，能把长城写得如此之好，似乎有些不合常理。作者是如何来写长城的呢？"真惭愧，我还没有见过长城。"第一句话，开宗明义、开门见山。接下来，从"六年故都"下笔：北海，陶然亭，天桥，故宫，天坛，白云观，颐和园，东郊南郊……"可是，六年，西山温泉我都去过，记得就没去什刹海。为此，离开了故都曾被人嫌弃说'太陋'。说：'什刹海都没逛过，还配称什么老北京！'当时真也闭口无言。有一年发狠，凑巧有缘重返旧京，记得还没有进旅馆的门就雇好了去什刹海的车子。夏天，正赶上那里热闹：地摊子戏，搭台的茶座，直挨着访问了个足够。印象仿佛并不好，心头重负却卸去了。记得第二天，才有空去文津街，进国立图书馆。""现在想：什刹海不见算什么呢？没去看长城才是遗憾！啊，万里长城！去北京只不过几个钟头的火车。"这时,作者用的全是想象中的长城。但这个想象不是凭空来的,是从书中,从地理中,从历史中来的;勉强地说起来,那就是书中意,地理意,历史意。因为有了意,这个意又是因人而起的,所以就会有百人百意,每个人心中的长城是不一样的,一万个人就会有一万个长城。可以这样说,从孩提时代、万年书屋、青年画家、山海关一路数去,九曲黄河,一直到古北口的马匹,乃至最后的中国百姓,岂止长城,已是全中国了。

本文写得如此委婉秀丽而又豪情激越,如此摇曳多姿而又疏密有致,比到过长城的人写长城更为别致,更有风采。起点不写长城,谈起故都六年的游历,从远处拉近是本文的特点之一。活生生的形象烘托,丰富的联想是本文的又一特点。长城的历史,长城对现实人事的伟大作用,有限的艺术天地将长城的一切雄壮之景、悲凉之情、历史传说和人文地理汇于一炉。本文也弘扬了一种"不到长城非好汉"的进取精神。作者曾长居故都,却没有见过长城,文章流露出深深的惭愧、遗憾和自责,而这一切都是进取心的间接体现。长城不仅仅是风景名胜,更是进取精神的象征,也是中华民族的子孙爱国精神的载体。

吴伯箫先生的这篇散文写于一九三六年,东北人民在日寇铁蹄下已经屈辱生存了五个年头。作者充满激情地描写作为中华民族这个古老文明标志的长城,字里行间满怀豪情。散文的结尾部分深化了主题,表达了作者"投笔从戎"的意愿,并呼吁那些麻木懵懂的民众清醒过来:"长城,登临匪遥,愿尔为祖国屏障,壮起胆来!"唤醒民众,投身到伟大的民族战争中,震撼人心!

一般来说,只有活在人们心中的历史,才是活生生的历史。但是,历史也需要以一些前人留下的事物为载体。当某些事物很好地充当了这种载体时,我们说,在这一载体身上,就凝聚了很深的文化积淀和文化心理。对于中国人来讲,"长城"就是一个很好的文化心理意象,一个厚重的历史载体,瞻仰它、礼拜它,就意味着瞻仰、礼拜这种文化心理意象和历史本身。作者很巧妙地把握住了这一点,因此在那个特殊的年代发下了"做一番辟草莱斩荆棘的开垦事业""愿尔为祖国屏障,壮起胆来"的誓愿与呼吁!

桨

声灯影里的秦淮河

◇朱自清

一九二三年八月的一晚，我和平伯同游秦淮河；平伯是初泛，我是重来了。我们雇了一只"七板子"，在夕阳已去，皎月方来的时候，便下了船。于是桨声汩——汩，我们开始领略那晃荡着蔷薇色的历史的秦淮河的滋味了。

秦淮河里的船，比北京万牲园、颐和园的船好，比西湖的船好，比扬州瘦西湖的船也好。这几处的船不是觉着笨，就是觉着简陋、局促；都不能引起乘客们的情韵，如秦淮河的船一样。秦淮河的船约略可分为两种：一是大船；一是小船，就是所谓"七板子"。大船舱口阔大，可容二三十人。里面陈设着字画和光洁的红木家具，桌上一律嵌着冰凉的大理石

本文选自朱乔森编《朱自清》（人民文学出版社1985年版）。朱自清（1898—1948），字佩弦，号秋实。江苏东海人。现代散文家、诗人、学者、民主战士。主要作品有：散文集《背影》《欧游杂记》《伦敦杂记》《你我》等。

面。窗格雕镂颇细,使人起柔腻之感。窗格里映着红色蓝色的玻璃;玻璃上有精致的花纹,也颇悦人目。"七板子"规模虽不及大船,但那淡蓝色的栏干,空敞的舱,也足系人情思。而最出色处却在它的舱前。舱前是甲板上的一部,上面有弧形的顶,两边用疏疏的栏干支着。里面通常放着两张藤的躺椅。躺下,可以谈天,可以望远,可以顾盼两岸的河房。大船上也有这个,但在小船上更觉清隽罢了。舱前的顶下,一律悬着灯彩;灯的多少、明暗,彩苏的精粗、艳晦,是不一的,但好歹总还你一个灯彩。这灯彩实在是最能钩人的东西。夜幕垂垂地下来时,大小船上都点起灯火。从两重玻璃里映出那辐射着的黄黄的散光,反晕出一片朦胧的烟霭;透过这烟霭,在黯黯的水波里,又逗起缕缕的明漪。在这薄霭和微漪里,听着那悠然的间歇的桨声,谁能不被引入他的美梦去呢? 只愁梦太多了,这些大小船儿如何载得起呀? 我们这时模模糊糊的谈着明末的秦淮河的艳迹,如《桃花扇》及《板桥杂记》里所载的。我们真神往了。我们仿佛亲见那时华灯映水,画舫凌波的光景了。于是我们的船便成了历史的重载了。我们终于恍然秦淮河的船所以雅丽过于他处,而又有奇异的吸引力的,实在是许多历史的影象使然了。

秦淮河的水是碧阴阴的;看起来厚而不腻,或者是六朝金粉所凝么? 我们初上船的时候,天色还未断黑,那漾漾的柔波是这样的恬静,委婉,使我们一面有水阔天空之想,一面又憧憬着纸醉金迷之境了。等到灯火明时，阴阴的变为沈沈了：黯淡的水光，象梦一般；那偶然闪烁着的光芒，就是梦的眼睛了。我们坐在舱前，因了那隆起的顶棚，仿佛总是昂着首向前走着似的；于是飘飘然如御风而行的我们，看着那些自在的湾泊着的船，船里走马灯般的人物，便象是下界一般，迢迢的远了，又象在雾里看花，尽朦朦胧胧的。这时我们已过了利涉桥，望见东关头了。沿路听见断续的歌声：有从沿河的妓楼飘来的，有从河上船里度来的。我们明知那些歌声，只是些因袭的言词，从生涩的歌喉里机械的发出来的；但它们经了夏夜的微风的吹漾和水波的摇拂，袅娜着到我们耳边的时候，已经不单是她们的歌声，而混着微风和河水的密语了。于是我们不得不被牵惹着，震撼着，相与浮沈于这歌声里了。从东关头转湾，不久就到大中桥。大中桥共有三个桥拱，都很阔大，俨然是三座门儿；使我们觉得我们的船和船里的我们，在桥下过去时，真是太无颜色了。桥砖是深褐色，表明它的历史的长久；但都完好无缺，令人太息于古昔工程的坚美。桥上两旁都是木壁的房子，中间应该有街路？这些房子都破旧了，多年烟熏的迹，遮没了当年的美丽。我想象秦淮河的极盛时，在这样宏阔的桥上，特地盖了房子，必然是髹漆得富富丽丽的；晚间必然是灯火通明的。现在却只剩下一片黑沈沈！但是桥上造着房子，毕竟使我们多少可以想见往日的繁华：这也慰情聊胜无了。过了大中桥，便到了灯月交辉，笙歌彻夜的秦淮河；这才是秦淮河的真面目哩。

　　大中桥外，顿然空阔，和桥内两岸排着密密的人家的景象大异了。一眼望去，疏疏的林，淡淡的月，衬着蔚蓝的天，颇象荒江野渡光景；那边呢，郁丛丛的，阴森森的，又似乎藏着无边的黑暗：令人几乎不信那是繁华的秦淮河了。但是河中眩晕着的灯光，纵横着的画舫，悠扬着的笛韵，夹着那吱吱的胡琴声，终于使我们认识绿如茵陈酒的秦淮水了。此地天裸露着的多些，故觉夜来的独迟些；从清清的水影里，我们感到的只是薄薄的夜——这正是秦淮河的夜。大中桥外，本来还有一座复成桥，是船夫口中的我们的游踪尽处，或也是秦淮河繁华的尽处了。我的脚曾踏过复成桥的脊，在十三四岁的时候。但是两次游秦淮河，却都不曾见着复成桥的面；明知总在前途的，却常觉得有些虚无缥缈似的。我想，不见倒也好。这时正是盛夏。我们下船后，借着新生的晚凉和河上的微风，暑气已渐渐销散；到了此地，豁然开朗，身子顿然轻了——习习的清风荏苒在面上，手上，衣上，这便又感到了一缕新凉了。南京的日光，大概没有杭州猛烈；西湖的夏夜老是热蓬蓬的，水象沸着一般，秦淮河的水却尽是这样冷冷地绿着。任你人影的憧憧，歌声的扰扰，总象隔着一层薄薄的绿纱面幂似的；它尽是这样静静的，冷冷的绿着。我们出了大中桥，走不上半里路，船夫便将船划到一旁，停了桨由它宕着。他以为那里正是繁华的极点，再过去就是荒凉了；所以让我们多多赏鉴一会儿。他自己却静静的蹲着。他是看惯这光景的了，大约只是一个无可无不可。这无可无不可，无论是升的沈的，总之，都比我们高了。

那时河里闹热极了；船大半泊着，小半在水上穿梭似的来往。停泊着的都在近市的那一边，我们的船自然也夹在其中。因为这边略略的挤，便觉得那边十分的疏了。在每一只船从那边过去时，我们能画出它的轻轻的影和曲曲的波，在我们的心上；这显着是空，且显着是静了。那时处处都是歌声和凄厉的胡琴声，圆润的喉咙，确乎是很少的。但那生涩的，尖脆的调子能使人有少年的，粗率不拘的感觉，也正可快我们的意。况且多少隔开些儿听着，因为想象与渴慕的做美，总觉更有滋味；而竞发的喧嚣，抑扬的不齐，远远的杂沓，和乐器的嘈嘈切切，合成另一意味的谐音，也使我们无所适从，如随着大风而走。这实在因为我们的心枯涩久了，变为脆弱；故偶然润泽一下，便疯狂似的不能自主了。但秦淮河确也腻人。即如船里的人面，无论是和我们一堆儿泊着的，无论是从我们眼前过去的，总是模模糊糊的，甚至渺渺茫茫的；任你张圆了眼睛，揩净了眦垢，也是枉然。这真够人想呢。在我们停泊的地方，灯光原是纷然的；不过这些灯光都是黄而有晕的。黄已经不能明了，再加上了晕，便更不成了。灯愈多，晕就愈甚；在繁星般的黄的交错里，秦淮河仿佛笼上了一团光雾。光芒与雾气腾腾的晕着，什么都只剩了轮廓了；所以人面的详细的曲线，便消失于我们的眼底了。但灯光究竟夺不了那边的月色；灯光是浑的，月色是清的。在浑沌的灯光里，渗入一派清辉，却真是奇迹！那晚月儿已瘦削了两三分。她晚妆才罢，盈盈的上了柳梢头。天是蓝得可爱，仿佛一汪水似的；月儿便更出落得精神了。岸上原有三株两株的垂杨树，淡淡的影子，在水里摇曳着。它们那柔细的枝条浴着月光，就象一支支美人的臂膊，交互的缠着，挽着；又象是月儿披着的发。而月儿偶然也从它们的交叉处偷偷窥看我们，大有小姑娘怕羞的样子。岸上另有几株不知名的老树，光光的立着；在月光里照起来，却又俨然是精神矍铄的老人。远处——快到天际线了，才有一两片白云，亮得现出异彩，象美丽的贝壳一般。白云下便是黑黑的一带轮廓；是一条随意画的不规则的曲线。这一段光景，和河中的风味大异了。但灯与月竟能并存着，交融着，使月成了缠绵的月，灯射着渺渺的灵辉；这正是天之所以厚秦淮河，也正是天之所以厚我们了。

这时却遇着了难解的纠纷。秦淮河上原有一种歌妓，是以歌为业的。从前都在茶舫上，唱些大曲之类。每日午后一时起；什么时候止，却忘记了。晚上照样也有一回，也在黄晕的灯光里。我从前过南京时，曾随着朋友去听过两次。因为茶舫里的人脸太多了，觉得不大适意，终于听不出所以然。前年听说歌妓被取缔了，不知怎的，颇涉想了几次——却想不出什么。这次到南京，先到茶舫上去看看，觉得颇是寂寥，令我无端的怅怅了。不料她们却仍在秦淮河里挣扎着,不料她们竟会纠缠到我们,我于是很张皇了。她们也乘着"七板子",她们总是坐在舱前的。舱前点着石油汽灯,光亮眩人眼目;坐在下面的,自然是纤毫毕见了——引诱客人们的力量,也便在此了。舱里躲着乐工等人,映着汽灯的余辉蠕动着;他们是永远不被注意的。每船的歌妓大约都是二人;天色一黑,她们的船就在大中桥外往来不息的兜生意。无论行着的船,泊着的船,都要来兜揽的。这都是我后来推想出来的。那晚不知怎样,忽然轮着我们的船了。我们的船好好的停着,一只歌舫划向我们来了;渐渐和我们的船并着了。铄铄的灯光逼得我们皱起了眉头;我们的风尘色全给它托出来了,这使我踯躅不安了。那时一个伙计跨过船来,拿着摊开的歌折,就近塞向我的手里,说,"点几出吧!"他跨过来的时候,我们船上似乎有许多眼光跟着。同时相近的别的船上也似乎有许多眼睛炯炯的向我们船上看着。我真窘了!我也装出大方的样子,向歌妓们瞥了一眼,但究竟是不成的!我勉强将那歌折翻了一翻,却不曾看清了几个字;便赶紧递还那伙计,一面不好意思地说,"不要。我们……不要。"他便塞给平伯。平伯掉转头去,摇手说,"不要!"那人还腻着不走。平伯又回过脸来,摇着头道,"不要!"于是那人重到我处,我窘着再拒绝了他。他这才有所不屑似的走了。我的心立刻放下,如释了重负一般。我们就开始自由了。

我说我受了道德律的压迫,拒绝了她们;心里似乎很抱歉的。这所谓抱歉,一面对于她们,一面对于我自己。她们于我们虽然没有很奢的希望;但总有些希望的。我们拒绝了她们,无论理由如何充足,却使她们的希望受了伤;这总有几分不做美了。这是我觉得很怅怅的。至于我自己,更有一种不足之感。我这时被四面的歌声诱惑了,降服了;但是远远的,远远的歌声总仿佛隔着重衣搔痒似的,越搔越搔不着痒处。我于是憧憬着贴耳的妙音了。在歌舫划来时,我的憧憬,变为盼望;我固执的盼望着,有如饥渴,虽然从浅薄的经验里,也能够推知,那贴耳的歌声,将剥去了一切的美妙;但一个平常的人象我的,谁愿凭了理性之力去丑化未来呢? 我宁愿自己骗着了。不过我的社会感性是很敏锐的;我的思力能拆穿道德律的西洋镜,而我的感情却终于被它压服着。我于是有所顾忌了,尤其是在众目昭彰的时候。道德律的力,本来是民众赋予的;在民众的面前,自然更显出它的威严了。我这时一面盼望,一面却感到了两重的禁制:一,在通俗的意义上,接近妓者总算一种不正当的行为;二,妓是一种不健全的职业,我们对于她们,应有哀矜勿喜之心,不应赏玩的去听她们的歌。在众目睽睽之下,这两种思想在我心里最为旺盛。她们暂时压倒了我的听歌的盼望,这便成就了我的灰色的拒绝。那时的心实在异常状态中,觉得颇是昏乱。歌舫去了,暂时宁靖之后,我的思绪又如潮涌了。两个相反的意思在我心头往复:卖歌和卖淫不同,听歌和狎妓不同,又干道德甚事？——但是，但是，她们既被逼得以歌为业，她们的歌必无艺术味的；况她们的身世，我们究竟该同情的。所以拒绝倒也是正办。但这些意思终于不曾撇开我的听歌的盼望。它力量异常坚强；它总想将别的思绪踏在脚下。从这重重的争斗里，我感到了浓厚的不足之感。这不足之感使我的心盘旋不安，起坐都不安宁了。唉！我承认我是一个自私的人！平伯呢，却与我不同。他引周启明先生的诗，"因为我有妻子，所以我爱一切的女人，因为我有子女，所以我爱一切的孩子。"他的意思可以见了。他因为推及的同情，爱着那些歌妓，并且尊重着她们，所以拒绝了她们。在这种情形下，他自然以为听歌是对于她们的一种侮辱。但他也是想听歌的，虽然不和我一样。所以在他的心中，当然也有一番小小的争斗；争斗的结果，是同情胜了。至于道德律，在他是没有什么的；因为他很有蔑视一切的倾向，民众的力量在他是不大觉着的。这时他的心意的活动比较简单，又比较松弱，故事后还怡然自若；我却不能了。这里平伯又比我高了。

在我们谈话中间，又来了两只歌舫。伙计照前一样的请我们点戏，我们照前一样的拒绝了。我受了三次窘，心里的不安更甚了。清艳的夜景也为之减色。船夫大约因为要赶第二趟生意，催着我们回去；我们无可无不可的答应了。我们渐渐和那些晕黄的灯光远了，只有些月色冷清清的随着我们的归舟。我们的船竟没个伴儿，秦淮河的夜正长哩！到大中桥近处,才遇着一只来船。这是一只载妓的板船,黑漆漆的没有一点光。船头上坐着一个妓女;暗里看出,白地小花的衫子,黑的下衣。她手里拉着胡琴,口里唱着青衫的调子。她唱得响亮而圆转;当她的船箭一般驶过去时,余音还嬝嬝的在我们耳际,使我们倾听而向往。想不到在弩末的游踪里,还能领略到这样的清歌!这时船过大中桥了,森森的水影,如黑暗张着巨口,要将我们的船吞了下去。我们回顾那渺渺的黄光,不胜依恋之情;我们感到了寂寞了!这一段地方夜色甚浓,又有两头的灯火招邀着;桥外的灯火不用说了,过了桥另有东关头疏疏的灯火。我们忽然仰头看见依人的素月,不觉深悔归来之早了!走过东关头,有一两只大船湾泊着,又有几只船向我们来着。嚣嚣的一阵歌声人语,仿佛笑我们无伴的孤舟哩。东关头转湾,河上的夜色更浓了;临水的妓楼上,时时从帘缝里射出一线一线的灯光;仿佛黑暗从酣睡里眨了一眨眼。我们默然的对着,静听那汩——汩的桨声,几乎要入睡了;朦胧里却温寻着适才的繁华的余味。我那不安的心在静里愈显活跃了!这时我们都有了不足之感,而我的更其浓厚。我们却又不愿回去,于是只能由懊悔而怅惘了。船里便满载着怅惘了。直到利涉桥下,微微嘈杂的人声,才使我豁然一惊;那光景却又不同。右岸的河房里,都大开了窗户,里面亮着晃晃的电灯,电灯的光射到水上,蜿蜒曲折,闪闪不息,正如跳舞着的仙女的臂膊。我们的船已在她的臂膊里了;如睡在摇篮里一样,倦了的我们便又入梦了。那电灯下的人物,只觉得象蚂蚁一般,更不去萦念。这是最后的梦;可惜是最短的梦! 黑暗重复落在我们面前,我们看见傍岸的空船上一星两星的,枯燥无力又摇摇不定的灯光。我们的梦醒了,我们知道就要上岸了;我们心里充满了幻灭的情思。

一九二三,十,一一作完,于温州。

简 评

朱自清先生以他独特的散文艺术风格,为中国现代散文增添了瑰丽的色彩。1923年仲夏的一个晚上,朱自清和好友俞平伯这对当时还是风华正茂的年轻人,相邀一同游览了历史上有名的六朝金粉之地——南京秦淮河。俞平伯是第一次来,朱自清却已经是第二次了。他们抱着共同的少年情怀,来寻找往日的繁华,虽然心中的六朝金粉只剩下一片黯然的衰草寒烟,不过《桃花扇》《板桥杂记》里所记明朝末年的盛况,仿佛还在眼前。两个年轻人,侧身风光不再,河水暗淡秦淮河,凭着不多的记忆中的印象,他们都写了记游的文章,题目也都采用了《桨声灯影里的秦淮河》。

在朱自清、俞平伯两个年轻人的笔下,昏黄的灯影、寂寞的桨声,衬托着两颗带点醉意的年轻的心,在逐渐暗淡下去的秦淮河的苍茫暮色中,平添了一层朦胧的神秘色彩。远处画舫上传来的箫声、琴声、卖唱人的歌声,毫无遮拦地时时摇荡着两颗年轻的心。同游一条河,同标题的散文,以风格不同、各有千秋而传世不衰,成就了现代文学史上的一段佳话。

叶圣陶先生在论及朱自清的散文时说:"每回重读佩弦兄的散文,我就回想起倾听他的闲谈的乐趣,古今中外,海阔天空,不故作高深而情趣盎然。我常常想,他这样的经验,他这样的想头,不是我也有过的吗？在我只不过一闪而逝，他却紧紧抓住了。他还能表达得恰如其分，或淡或浓，味道极正而且醇厚。"朱自清凭着对秦淮河的了解，在声光色彩的谐和、摇曳中，敏锐地捕捉到了秦淮河不同环境、不同心境中的绰约风姿，引发了人们思古之幽情。就是这样一篇"味道极正而且醇厚"的妙品散文，以平淡中见情、朴实中求真见长的散文艺术追求，为朱自清先生打造了一个优美的散文世界。

富有诗情画意是本文的最大特色。秦淮河在作者笔下如诗、如画、如梦一般。奇异的"七板子"船，足以让人发幽思溯源之情；温柔飘香的绿水，仿佛六朝金粉所凝；缥缈的歌声，似是微风与河水的密语……平淡中见神奇，意味隽永，有诗的朦胧，画的清雅，正所谓是文中有诗，文中有画。作者在描绘秦淮河风光时，不求气势豪放，而以精巧展现美，具体细腻地描绘秦淮河的秀丽安逸。这些都充分体现了作者细致的描写手法。船只、绿水、灯光、月光、大中桥、歌声……种种景物，作者抓住其光、形、色、味，细细描摹，实在是明丽中不见雕琢，淡雅间而不显俗气，使得秦淮河在水、灯、月交相辉映中而富有韵味。

作者从现实走进历史回忆，从形态与神态两方面唤醒了秦淮河的夜晚。"舱前的顶下，一律悬着灯彩；灯的多少、明暗，彩苏的精粗、艳晦，是不一的。但好歹总还你一个灯彩。"作者由灯的闪烁开始走入历史，模模糊糊中、恍惚中，实在是许多历史的影像使然了：行走的船只，雾里看花，尽是飘飘然，朦朦胧胧；缥缈的歌声，似幻似真……作者借助对历史影像的缅怀，将秦淮河写得虚虚实实、朦朦胧胧，让人陶醉，令人神往。作者原本着力于秦淮河的自然景观，却以歌妓的出现淡化了自然和他的审美情趣。作者把自己当时那种想听歌，却又碍于道德律的束缚，一心想超越现实，但又不能忘却现实的矛盾心情剖析得淋漓尽致、真实具体，那种情真意切给读者以极大的感染力，但意蕴深厚而自然。当作者在聆听秦淮河上妓女的歌声时，又进一步写出了内心中强烈的思想冲突，正如他自己所说，《桃花扇》和《板桥杂记》所写的明末歌妓，对他产生了"奇异的吸引力"，但是，他又觉得俞平伯不像自己那样受到"道德律"的束缚，似乎比自己要来得高超。作者写出自己在这方面的内心搏战，可以说是坦率和诚挚地流露了自己的至情，这正是文学艺术创作中最可宝贵的东西。正是如此，朱自清先生通过自己所走过的艰苦的人生历程之后，在中国现当代文学历史上留下了光辉的痕迹。

本文想象奇妙，手法多变，语言优美，结构精炼，巧妙地以"桨声灯影"为行文线索，从利涉桥到大中桥，从夕阳方下到素月依人，形成明显的时空顺序，同时又以灯光为重点，一步步勾画秦淮河美景，一层层展露内在情思，连绵不断，摇曳多姿，创造了充满诗情画意、发人深思的意境。

细细读来，本文突出地体现了朱自清散文缜密、细致的特色。朱自清坦率和诚挚地流露出自己的真情实感，并将自己的感情与思绪融合在技巧十分高超的风光景物描写之中，使读者在诵读中能够真切地感受到朱自清细腻而微妙的思想感情。在灿若群星现代文学史上的作家群里，朱自清这篇散文相当突出地标志着五四散文创作所达到的散文语言艺术高度。

桨

声灯影里的秦淮河

◇俞平伯

本文选自乐齐编《俞平伯》(人民文学出版社1992年版)。俞平伯(1900—1990),原名俞铭衡,字平伯。浙江湖州人。现代诗人、作家、红学家。主要作品有:诗集《冬夜》,散文集《燕知草》《杂拌儿》,文学评论集《红楼梦研究》等。

我们消受得秦淮河上的灯影,当圆月犹皎的仲夏之夜。

在茶店里吃了一盘豆腐干丝,两个烧饼之后,以歪歪的脚步踅上夫子庙前停泊着的画舫,就懒洋洋躺到藤椅上去了。好郁蒸的江南,傍晚也还是热的。"快开船罢!"桨声响了。

小的灯舫初次在河中荡漾;于我,情景是颇朦胧,滋味是怪羞涩的。我要错认它作七里的山塘:可是,河房里明窗洞启,映着玲珑入画的曲栏杆,顿然省得身在何处了。佩弦呢,他已是重来,很应当消释一些迷惘的。但看他太频繁地摇着我的黑纸扇。胖子是这个样怯热的吗?

又早是夕阳西下，河上妆成一抹胭脂的薄媚。是被青溪的姊妹们所薰染的吗？还是匀得她们脸上的残脂呢？寂寂的河水，随双桨打它，终是没言语。密匝匝的绮恨逐老去的年华，已都如蜜饯似的融在流波的心窝里，连呜咽也将嫌它多事，更哪里论到哀嘶。心头，宛转的凄怀；口内，徘徊的低唱；留在夜夜的秦淮河上。

在利涉桥边买了一匣烟，荡过东关头，渐荡出大中桥了。船儿悄悄地穿出连环着的三个壮阔的涵洞，青溪夏夜的韶华已如巨幅的画豁然而抖落。哦！凄厉而繁的弦索，颤岔而涩的歌喉，杂着吓哈的笑语声，劈拍的竹牌响，更能把诸楼船上的华灯彩绘，显出火样的鲜明，火样的温煦了。小船儿载着我们，在大船缝里挤着，挨着，抹着走。它忘了自己也是今宵河上的一星灯火。

既踏进所谓"六朝金粉气"的销金锅，谁不笑笑呢！今天的一晚，且默了滔滔的言说，且舒了恻恻的情怀，暂且学着，姑且学着我们平时认为在醉里梦里他们的憨痴笑语。看！初上的灯儿们一点点掠剪柔腻的波心，梭织地往来；把河水都皱得微明了。纸薄的心旌，我的，尽无休息地跟着它们飘荡，以致于怦怦而内热。这还好说什么的！如此说，诱惑是诚然有的，且于我已留下不易磨灭的印记。至于对榻的那一位先生，自认曾经一度摆脱了纠缠的他，其辨解又在何处？这实在非我所知。

我们，醉不以涩味的酒，以微漾着，轻晕着的夜的风华。不是什么欣悦，不是什么慰藉，只感到一种怪陌生，怪异样的朦胧。朦胧之中似乎胎孕着一个如花的笑——这么淡，那么淡的倩笑。淡到已不可说，已不可拟，且已不可想；但我们终久是眩晕在它离合的神光之下的。我们没法使人信它是有，我们不信它是没有。勉强哲学地说，这或近于佛家的所谓"空"，既不当鲁莽说它是"无"，也不能径直说它是"有"。或者说"有"是有的，只因无可比拟形容那"有"的光景；故从表面看，与"没有"似不生分别。若定要我再说得具体些：譬如东风初劲时，直上高翔的纸鸢，牵线的那人儿自然远得很了，知她是哪一家呢？但凭那鸢尾一缕飘绵的彩线，便容易揣知下面的人寰中，必有微红的一双素手，卷起轻绡的广袖，牢担荷小纸鸢儿的命根的。飘翔岂不是东风的力，又岂不是纸鸢的含德；但其根株却将另有所寄。请问，这和纸鸢的省悟与否有何关系？故我们不能认笑是非有，也不能认朦胧即是笑。我们定应当如此说，朦胧里胎孕着一个如花的幻笑，和朦胧又互相混融着的；因它本来是淡极了，淡极了这么一个。

漫题那些纷烦的话，船儿已将泊在灯火的丛中去了。对岸有盏跳动的汽油灯，佩弦便硬说它远不如微黄的灯火。我简直没法和他分证那是非。

时有小小的艇子急忙忙打桨，向灯影的密流里横冲直撞。冷静孤独的油灯映见黯淡久的画船头上，秦淮河姑娘们的靓妆。茉莉的香，白兰花的香，脂粉的香，纱衣裳的香……微波泛滥出甜的暗香，随着她们那些船儿荡，随着我们这船儿荡，随着大大小小一切的船儿荡。有的互相笑语，有的默然不响，有的衬着胡琴亮着嗓子唱。一个，三两个，五六七个，比肩坐在船头的两旁，也无非多添些淡薄的影儿葬在我们的心上——太过火了，不至于罢，早消失在我们的眼皮上。谁都是这样急忙忙的打着桨，谁都是这样向灯影的密流里冲着撞；又何况久沉沦的她们，又何况飘泊惯的我们俩。当时浅浅的醉，今朝空空的惆怅；老实说，咱们萍泛的绮思不过如此而已，至多也不过如此而已。你且别讲，你且别想！这无非是梦中的电光，这无非是无明的幻象，这无非是以零星的火种微炎在大欲的根苗上。扮戏的咱们，散了场一个样，然而，上场锣，下场锣，天天忙，人人忙。看！吓！载送女郎的艇子才过去，货郎担的小船不是又来了？一盏小煤油灯，一舱的什物，他也忙得来像手里摇铃，这样丁冬而郎当。

　　杨枝绿影下有条华灯璀璨的彩舫在那边停泊。我们那船不禁也依傍短柳的腰肢，欹侧地歇了。游客们的大船，歌女们的艇子，靠着。唱的拉着嗓子；听的歪着头，斜着眼，有的甚至于跳过她们的船头。如那时有严重些的声音，必然说："这哪里是什么旖旎风光！"咱们真是不知道，只模糊地觉着在秦淮河船上板起方正的脸是怪不好意思的。咱们本是在旅馆里，为什么不早早入睡，掂着牙儿，领略那"卧后清宵细细长"；而偏这样急急忙忙跑到河上来无聊浪荡？

还说那时的话，从杨柳枝的乱鬓里所得的境界，照规矩，外带三分风华的，况且今宵此地，动荡着有灯火的明姿。况且今宵此地，又是圆月欲缺未缺、欲上未上的黄昏时候。叮当的小锣，伊轧的胡琴，沉填的大鼓……弦吹声腾沸遍了三里的秦淮河。喳喳嚷嚷的一片，分不出谁是谁，分不出哪儿是哪儿，只有整个的繁喧来把我们包填。仿佛都抢着说笑，这儿夜夜尽是如此的，不过初上城的乡下佬是第一次呢。真是乡下人，真是第一次。

穿花蝴蝶样的小艇子多到不和我们相干。货郎担式的船，曾以一瓶汽水之故而拢近来，这是真的。至于她们呢，即使偶然灯影相偎而切掠过去，也无非瞧见我们微红的脸罢了，不见得有什么别的。可是，夸口早哩！——来了，竟向我们来了！不但是近，且拢着了。船头傍着，船尾也傍着；这不但是拢着，且并着了。厮并着倒还不很要紧，且有人扑冬地跨上我们的船头了。这岂不大吃一惊！幸而来的不是姑娘们，还好。（她们正冷冰冰地在那船头上。）来人年纪并不大，神气倒怪狡猾，把一扣破烂的手折，摊在我们眼前，让细瞧那些戏目，好好儿点个唱。他说："先生，这是小意思。"诸君，读者，怎么办？

好，自命为超然派的来看榜样！两船挨着，灯光愈皎，见佩弦的脸又红起来了。那时的我是否也这样？这当转问他。（我希望我的镜子不要过于给我下不去。）老是红着脸终久不能打发人家走路的，所以想个法子在当时是很必要。说来也好笑，我的老调是一味的默，或干脆说个"不"，或者摇摇头，摆摆手表示"决不"。如今都已尽了。佩弦便进了一步，他嫌我的方术太冷漠了，又未必中用，摆说纠缠的正当道路惟有辩解。好吗？听他说："你不知道？这事我们是不能做的。"这是诸辩解中最简洁，最漂亮的一个。可惜他所说的"不知道"来人倒真有些"不知道"!辜负了这二十分聪明的反语。他想得有理由，你们为什么不能做这事呢？因为"为什么"，佩弦又有进一层的曲解。哪知道更坏事，竟只博得那些船上人的一哂而去。他们平常虽不以聪明名家，但今晚却又怪聪明，如洞彻我们的肺肝一样的。这故事即我情愿讲给诸君听，怕有人未必愿意哩。"算了罢，就是这样算了罢"，恕我不再写下了，以外的让他自己说。

叙述只是如此，其实那时连翩而来的，我记得至少也有三五次。我们把它们一个一个的打发走路。但走的是走了，来的还正来。我们可以使它们走，我们不能禁止它们来。我们虽不轻被摇撼，但已有一点杌陧了。况且小艇上总载去一半的失望和一半的轻蔑，在桨声里仿佛狠狠地说，"都是呆子，都是吝啬鬼!"还有我们的船家（姑娘们卖个唱，他可以赚几个子的佣金），眼看她们一个一个的去远了，呆呆的蹲踞着，怪无聊赖似的。碰着了这种外缘，无怒亦无哀，惟有一种情意的紧张，使我们从颓弛中体会出挣扎来。这味道倒许很真切的，只恐怕不易为倦鸦似的人们所喜。

曾游过秦淮河的到底乖些。佩弦告船家："我们多给你酒钱，把船摇开，别让他们来啰嗦。"自此以后，桨声复响，还我以平静了，我们俩又渐渐无拘无束舒服起来，又滔滔不断地来谈谈方才的经过。今儿是算怎么一回事？我们齐声说，欲的胎动无可疑的。正如水见波痕轻婉已极，与未波时究不相类。微醉的我们，洪醉的他们，深浅虽不同，却同为一醉。接着来了第二问，既自认有欲的微炎，为什么艇子来时又羞涩地躲了呢？在这儿，答语参差着。佩弦说他的是一种暗昧的道德意味，我说是一种似较深沉的眷爱。我只背诵岜君的几句诗给佩弦听，望他曲喻我的心胸。可恨他今天似乎有些发钝，反而追着问我。

前面已是复成桥。青溪之东，暗碧的树梢上面微耀着一桁的清光。我们的船就缚在枯柳桩边待月。其时河心里晃荡着的，河岸头歇泊着的各式灯船，望去，少说点也有十廿来只。惟不觉繁喧，只添我们以幽甜。虽同是灯船，虽同是秦淮，虽同是我们；却是灯影淡了，河水静了，我们倦了，——况且月儿将上了。灯影里的昏黄，和月下灯影里的昏黄原是不相似的，又何况入倦的眼中所见的昏黄呢。灯光所以映她的秋姿，月华所以洗她的秀骨，以蓬腾的心焰跳舞她的盛年，以饧涩的眼波供养她的迟暮。必如此，才会有圆足的醉，圆足的恋，圆足的颓弛，成熟了我们的心田。

犹未下弦，一丸鹅蛋似的月，被纤柔的云丝们簇拥上了一碧的遥天。冉冉地行来,冷冷地照着秦淮。我们已打桨而徐归了。归途的感念,这一个黄昏里,心和境的交萦互染,其繁密殊超我们的言说。主心主物的哲思,依我外行人看,实在把事情说得太嫌简单,太嫌容易,太嫌分明了。实有的只是浑然之感。就论这一次秦淮夜泛罢,从来处来,从去处去,分析其间的成因自然亦是可能;不过求得圆满足尽的解析,使片段的因子们合拢来代替刹那间所体验的实有,这个我觉得有点不可能,至少于现在的我们是如此的。凡上所叙,请读者们只看作我归来后,回忆中所偶然留下的千百分之一二,微薄的残影。若所谓"当时之感",我决不敢望诸君能在此中窥得。即我自己虽正在这儿执笔构思,实在也无从重新体验出那时的情景。说老实话,我所有的只是忆。我告诸君的只是忆中的秦淮夜泛。至于说到那"当时之感",这应当去请教当时的我。而他久飞升了,无所存在。

…………

凉月凉风之下,我们背着秦淮河走去,悄默是当然的事了。如回头,河中的繁灯想定是依然。我们却早已走得远,"灯火未阑人散";佩弦,诸君,我记得这就是在南京四日的酣嬉,将分手时的前夜。

一九二三年八月二十二日,北京

简评

俞平伯先生出身名门,很早就以新诗人、散文家享誉文坛。他精研中国古典文学,长期执教于著名学府,是一位热忱的爱国者和具有高尚情操的知识分子。在现代散文艺术园地里,俞平伯先生的散文属周作人的"美文"一派,塑造了富有个性的散文世界。他的散文集主要有《燕知草》和《杂拌儿》。其中《桨声灯影里的秦淮河》《陶然亭的雪》《西湖的六月十八夜》都是散文中的名篇。尤其是《桨声灯影里的秦淮河》

の出色描写，情景交融，景色朦胧，让人徜徉于其间而流连忘返。

　　本文和朱自清先生的同名散文一起写于五四运动风潮刚刚过去三四年的时候。当时，随着革命的深入，新文化运动的统一战线进一步分化，"有的高升，有的退隐，有的前进"。比之五四当时来，整个文化领域显得比较冷落。由于新的革命高潮还没有到来，激进过后的一些知识分子感到前途茫茫，正如茅盾先生所指出的那样："到了'五卅'的前夜为止，苦闷彷徨的空气支配了整个文坛，即使外形上有冷观苦笑与要求享乐和麻醉的分别，但内心是同一苦闷彷徨。走向十字街头的当时的文坛只在十字街头徘徊。"这两篇同题散文可印证这一点。

　　两位五四以来的学者文人同游秦淮河，然后，以同一题目，同一题材，写出了两篇风格迥异的散文，这在文坛是不多见的。两篇散文的整体框架大致相同，但在描写的笔墨和行文的风格上各有特色：朱文"细腻而深秀"；俞文"细腻而委婉"。秦淮河的夜景，二位都写得影影绰绰。原因在于这不是一条普通的河，六朝繁华，流过悠远的年代——现实折射出历史的沧桑，乃至前者笔下"暗昧的道德意味"、后者笔下"似较深沉的眷爱"，很多描写可以说是年轻人内心世界朦胧的坦露。

　　我们从文中不难看出，无论是俞平伯还是朱自清，由于他们都困缚在知识分子的狭小天地里，因而也就不可能从秦淮河的历史和现状里发掘出更有积极意义的思想来。他们有所不满，有所追求，但是又感到十分迷惘，因而文中都有一种怅惘之感。他们毫不掩饰自己思想上的苦闷。他们都有着一种精神的渴求，想借秦淮之游来滋润干枯的心灵，慰藉一下寂寞的灵魂，这里多少还回荡着一点五四时期个性解放的呼声，虽然这呼声是那么轻微。但是山水声色之乐，毕竟不能解除他们精神上的苦闷，他们也不能像古代一些文人那样放浪形骸，因而在灯月交辉、笙歌彻夜的秦淮河上，他们处处显得拘谨，显得与环境很不协调。结果自然是乘兴而去，惆怅而归。

精彩的远方

064

但是在大致相同的思想境界中，我们又可以发现他们的不同之处。在如画的美景中，朱自清先生抒发的是难以消受或不堪消受的心境，对那怡人娱目的美景和粗率不拘的歌声，有着一种热切的依恋，感情上比较强烈，而这一切，写来又是那么朴直，不加文饰，更表露出作者朴实诚恳的性格。而俞平伯先生的行文中，以超然物外的心情写了泛舟秦淮河的乐趣。他枕着桨声欣赏灯影，阐述哲理于闲适遐想中；在抒情写景之中，阐发所谓"主心主物的哲思"。置身在秦淮河这所谓"六朝金粉"的销金窟里，他虽则被这"轻晕着的夜的风华"所陶醉，但是所感到的"不是什么欣悦，不是什么慰藉，只感到一种怪陌生，怪异样的朦胧。""我们没法使人信它是有，我们不信它是没有，勉强哲学地说，这或近于佛家的所谓'空'"。比之朱自清先生的热切依恋之情来，俞平伯先生表现得冷静、理智，他在文章中极力创造一种空灵、朦胧的意境，就像水中月、镜中花似的，使人捉摸不定。因而文中有些段落，不仅有一种淡淡的苦涩之感，而且使读者感到难免有些玄妙。

　　不过，俞平伯先生《桨声灯影里的秦淮河》的可贵之处，还在于中国文人知识分子中所匮乏的"忏悔意识"的复苏，似乎可以视为五四以来思想解放的一抹亮色在他身上的闪现，尽管这亮色还很微弱。

　　俞平伯先生追求的是"朦胧"和"浑然"的境界，在柔婉细腻的笔墨中显出一种清幽和空灵的意境，却没有朱自清先生那种亢奋的情绪和执著的追求。他笔下的秦淮河在灯影中缥缈如仙境，对歌女的"欲的诱惑"的心理描写，若隐若现，哀婉朦胧。朱自清先生在灯光、水光和月光的交织之中，未能很好领略六代繁华的笙歌，因此再度产生了"寂寞"和"惆怅"之感，"心里充满了幻灭的情思"，这是很自然的事情。因为此时五四思想启蒙运动的高潮已经过去，他在文化思想界处于暂时沉寂的苦闷的氛围之中，只能踏踏实实地进行着探索和思考，他这种多少有些颓废的"幻灭的情思"，不是来源于厌倦人生的遁世哲学，而是来源于思索黑暗现实之后的失望情绪。

　　俞平伯先生是谙熟古典小说词曲的。古典诗词的意境与辞藻和五四以来的白话融合在一起，富丽典雅，因此在这篇散文中，随处可见他在这方面的功力。他把这些文艺样式的用词融汇在一起，并不显得突兀或错杂，反而增添了文章的生气和风采。比如"今天的一晚，且默了滔滔的言说，且舒了恻恻的情怀，暂且学着，姑且学着我们平时认为在醉里梦里他们的憨痴笑语。"这一段颇像宋元词曲的句式，用在这儿，却也显得自然而风趣。这也是俞平伯先生这篇散文名作不可忽略之处。

公

寓生活记趣

◇张爱玲

读到"我欲乘风归去,又恐琼楼玉宇,高处不胜寒"的两句词,公寓房子上层的居民多半要感到毛骨悚然。屋子越高越冷。自从煤贵了之后,热水汀早成了纯粹的装饰品。构成浴室的图案美,热水龙头上的 H 字样自然是不可少的一部分;实际上呢,如果你放冷水而开错了热水龙头,立刻便有一种空洞而凄怆的轰隆轰隆之声从九泉之下发出来,那是公寓里特别复杂、特别多心的热水管系统在那里发脾气了。即使你不去太岁头上动土,那雷神也随时地要显灵。无缘无故,只听见不怀好意的"嗡……"拉长了半晌之后接着"訇訇"两声,活像飞机在顶上盘旋了一会,掷了两枚炸弹。在战时香港吓细了胆子的

本文选自张爱玲著《张爱玲文萃·散文》(文化艺术出版社2003年版)。张爱玲(1920—1995),原名张煐。原籍河北丰润人。现代著名作家。主要作品有:小说《霸王别姬》《倾城之恋》《心经》《金锁记》,散文《到底是上海人》《天才梦》《谈音乐》等。

我，初回上海的时候，每每为之魂飞魄散。若是当初它认真工作的时候，艰辛地将热水运到六层楼上来，便是咕噜两声，也还情有可原。现在可是雷声大，雨点小，难得滴下两滴生锈的黄浆……然而也说不得了，失业的人向来是肝火旺的。

梅雨时节，高房子因为压力过重，地基陷落的原故，门前积水最深。街道上完全干了，我们还得花钱雇黄包车渡过那白茫茫的护城河。雨下得太大的时候，屋子里便闹了水灾。我们轮流抢救，把旧毛巾、麻袋、褥单堵住了窗户缝；障碍物湿濡了，绞干，换上，污水折在脸盆里，脸盆里的水倒在抽水马桶里。忙了两昼夜，手心磨去了一层皮，墙根还是汪着水，糊墙的花纸还是染了斑斑点点的水痕与霉迹子。

风如果不朝这边吹的话，高楼上的雨倒是可爱的。有一天，下了一黄昏的雨，出去的时候忘了关窗户，回来一开门，一房的风声雨味，放眼望出去，是碧蓝的潇潇的夜，远处略有淡灯摇曳，多数的人家还没点灯。

常常觉得不可解，街道上的喧声，六楼上听得分外清楚，仿佛就在耳根底下，正如一个人年纪越高，距离童年渐渐远了，小时的琐屑的回忆反而渐渐亲切明晰起来。

我喜欢听市声。比我较有诗意的人在枕上听松涛，听海啸，我是非得听见电车响才睡得着觉的。在香港山上，只有冬季里，北风彻夜吹着常青树，还有一点电车的韵味。长年住在闹市里的人大约非得出了城之后才知道他离不了一些什么。城里人的思想，背景是条纹布的幔子，淡淡的白条子便是行驰着的电车——平行的，匀净的，声响的河流，汩汩流入下意识里去。

我们的公寓近电车厂邻，可是我始终没弄清楚电车是几点钟回家。"电车回家"这句子仿佛不很合适——大家公认电车为没有灵魂的机械，而"回家"两个字有着无数的情感洋溢的联系。但是你没看见过电车进厂的特殊情形吧？一辆衔接一辆，像排了队的小孩，嘈杂，叫嚣，愉快地打着哑嗓子的铃："克林，克赖，克赖，克赖！"吵闹之中又带着一点由疲乏而生的驯服，是快上床的孩子，等着母亲来刷洗他们。车里的灯点得雪亮。专做下班的售票员的生意的小贩们曼声兜售着面包。有时候，电车全进了厂了，单剩下一辆，神秘地、像被遗弃了似的，停在街心。从上面望下去，只见它在半夜的月光中袒露着白肚皮。

这里的小贩所卖的吃食没有多少典雅的名色。我们也从来没有缒下篮子去买过东西。(想起《侬本痴情》里的顾兰君了。她用丝袜结了绳子，缚住了纸盒，吊下窗去买汤面。袜子如果不破，也不是丝袜了！在节省物资的现在，这是使人心惊肉跳的奢侈。)也许我们也该试着吊下篮子去。无论如何，听见门口卖臭豆腐干的过来了，便抓起一只碗来，蹬蹬奔下六层楼梯，跟踪前往，在远远的一条街上访到了臭豆腐干担子的下落，买到了之后，再乘电梯上来，似乎总有点可笑。

我们的开电梯的是个人物，知书达理，有涵养，对于公寓里每一家的起居他都是一本清账。他不赞成他儿子去做电车售票员——嫌那职业不很上等。再热的天，任凭人家将铃揿得震天响，他也得在汗衫背心上加上一件熨得溜平的纺绸小褂，方肯出现。他拒绝替不修边幅的客人开电梯。他的思想也许缙绅气太重，然而他究竟是个有思想的人。可是他离了自己那间小屋，就踏进了电梯的小屋——只怕这一辈子是跑不出这两间小屋了。电梯上升，人字图案的铜栅栏外面，一重重的黑暗往下移，棕色的黑暗，红棕色的黑暗，黑色的黑暗……衬着交替的黑暗，你看见司机人的花白的头。

没事的时候他在后天井烧个小风炉炒菜烙饼吃。他教我们怎样煮红米饭：烧开了，熄了火，停个十分钟再煮，又松，又透，又不塌皮烂骨，没有筋道。

托他买豆腐浆，交给他一只旧的牛奶瓶。陆续买了两个礼拜，他很简单地报告道："瓶没有了。"是砸了还是失窃了，也不得而知。再隔了些时，他拿了一只小一号的牛奶瓶装了豆腐浆来，我们问道："咦？瓶又有了？"他答道："有了。"新的瓶是赔给我们的呢还是借给我们的，也不得而知。这一类的举动是颇有点社会主义风的。

我们的《新闻报》每天早上他要循例过目一下方才给我们送来。小报他读得更为仔细些，因此要到十一二点钟才轮得到我们看。英文、日文、德文、俄文的报他是不看的,因此大清早便卷成一卷插在人家弯曲的门钮里。

报纸没有人偷,电铃上的钢板却被撬去了。看门的巡警倒有两个,虽不是双生子,一样都是翻领里面竖起了木渣渣的黄脸,短裤与长统袜之间露出木渣渣的黄膝盖;上班的时候,一般都是横在一张藤椅上睡觉,挡住了信箱。每次你去看看信箱的时候总得殷勤地凑到他面颊前面,仿佛要询问:"酒刺好了些吧?"

恐怕只有女人能够充分了解公寓生活的特殊优点:佣人问题不那么严重。生活程度这么高,即使雇得起人,也得准备着受气。在公寓里"居家过日子"是比较简单的事。找个清洁公司每隔两星期来大扫除一下,也就用不着打杂的了。没有佣人,也是人生一快。抛开一切平等的原则不讲,吃饭的时候如果有个还没吃过饭的人立在一边眼睁睁望着,等着为你添饭,虽不至于使人食不下咽,多少有些讨厌。许多身边杂事自有它们的愉快性质。看不到田园里的茄子,到菜场上去看看也好——那么复杂的,油润的紫色;新绿的豌豆,熟艳的辣椒,金黄的面筋,像太阳里的肥皂泡。把菠菜洗过了,倒在油锅里,每每有一两片碎叶子粘在簸箕底上,抖也抖不下来;迎着亮,翠生生的枝叶在竹片编成的方格子上招展着,使人联想到篱上的扁豆花。其实又何必"联想"呢?簸箕子的本身的美不就够了么?我这并不是效忠于国社党,劝诱女人回到厨房里去。不劝便罢,若是劝,一样的得劲男人到厨房里去走一遭。当然，家里有厨子而主人不时的下厨房，是会引起厨子最强烈的反感的。这些地方我们得寸步留心，不能太不识眉眼高低。

有时候也感到没有佣人的苦处。米缸里出虫，所以掺了些胡椒在米里——据说米虫不大喜欢那刺激性的气味，淘米之前先得把胡椒拣出来。我捏了一只肥白的肉虫的头当做胡椒，发现了这错误之后，不禁大叫起来，丢下饭锅便走。在香港遇见了蛇，也不过如此罢了。那条蛇我只见到它的上半截，它钻出洞来矗立着，约有二尺长，我抱了一叠书匆匆忙忙下山来，正和它打了个照面。它静静地望着我，我也静静地望着它，望了半晌，方才哇呀呀叫出声来，翻身便跑。

提起虫豸之类，六楼上苍蝇几乎绝迹，蚊子少许有两个。如果它们富于想象力的话，飞到窗口往下一看，便会晕倒了罢？不幸它们是像英国人一般的淡漠与自足——英国人住在非洲的森林里也照常穿上了燕尾服进晚餐。

公寓是最合理想的逃世的地方。厌倦了大都会的人们往往记挂着和平幽静的乡村，心心念念盼望着有一天能够告老归田，养蜂种菜，享点清福。殊不知在乡下多买半斤腊肉便要引起许多闲言闲语，而在公寓房子的最上层你就是站在窗前换衣服也不妨事！

然而一年一度，日常生活的秘密总得公布一

下。夏天家家户户都大敞着门，搬一把藤椅坐在风口里。这边的人在打电话，对过一家的仆欧一面熨衣裳，一面便将电话上的对白译成了德文说给他的小主人听。楼底下有个俄国人在那里响亮地教日文。二楼的那位女太太和贝多芬有着不共戴天的仇恨，一捶十八敲，咬牙切齿打了他一上午；钢琴上倚着一辆脚踏车。不知道哪一家在煨牛肉汤，又有哪一家泡了焦三仙。

人类天生的是爱管闲事。为什么我们不向彼此的私生活里偷偷地看一眼呢？既然被看者没有多大损失而看的人显然得到了片刻的愉悦？凡事牵涉到快乐的授受上，就犯不着斤斤计较了。较量些什么呢？——长的是磨难，短的是人生。

屋顶花园里常常有孩子们溜冰，兴致高的时候，从早到晚在我们头上咕滋咕滋锉过来又锉过去，像瓷器的摩擦，又像睡熟的人在那里磨牙，听得我们一粒粒牙齿在牙龈里发酸如同青石榴的子，剔一剔便会掉下来。隔壁一个异国绅士声势汹汹上楼去干涉。他的太太提醒他道："人家不懂你的话，去也是白去。"他揎拳撸袖道："不要紧，我会使他们懂得的！"隔了几分钟他偃旗息鼓嗒然下来了。上面的孩子年纪都不小了，而且是女性，而且是美丽的。

谈到公德心，我们也不见得比人强。阳台上的灰尘我们直截了当地扫到楼下的阳台上去。"啊，人家栏干上晾着地毯呢——怪不过意，等他们把地毯收了进去再扫吧！"一念之慈，顶上生出了灿烂圆光。这就是我们的不甚彻底的道德观念。

简评

　　1932年，张爱玲女士首次发表短篇小说《不幸的她》于圣玛利亚女校校刊，在文坛崭露头角。20世纪40年代，张爱玲是上海沦陷时期小说、散文兼擅的才女，她的散文以抒写平凡生活的琐屑，并从中发现生活之趣味见长。《公寓生活记趣》就是沦陷时期，上海普通人公寓生活的一幅写真素描，让人既感琐碎，又感亲切。作者展示的是原汁原味的生活和由此带来的生活中的情趣。

　　著名作家王安忆在"张爱玲与现代中文文学国际研讨平会"上说："先看张爱玲的散文。我在其中看见的，是一个世俗的张爱玲。他对日常生活，并且是现时生活的细节，怀着一股热切的喜好。在《公寓生活记趣》里她说'我喜欢听市声。'城市中，挤挨着的人和事，她都非常留意。开电梯的工人，在后天井生个小风炉烧东西吃；听蹩脚的仆人将人家电话里的对话译成西文传给小东家听；谁家煨牛肉汤的气味。这样热气腾腾的人气，是她喜欢的。……张爱玲对世俗生活的兴趣与苏青不同。……她对现时生活的爱好是出于对人生的恐惧，她对世界的看法是虚无的。在《公寓生活记趣》里，她饶有兴趣地描绘了一系列日常景致，忽然总结了一句'长的是磨难，短的是人生'。于是，这短促的人生，不如将它安在短视的快乐里，掐头去尾，因头尾两段是与'长的磨难'接在一起的。只看着鼻子底下的一点享受，做人才有了信心。以此看来，张爱玲在领略虚无人生的同时，她又是富于感官，享乐主义的，这便解救了她。"所以说，张爱玲的《公寓生活记趣》是现代文学史上不多见的书写城市市民生活的文本，是张爱玲与城市的一次重要对话,也是张爱玲在凡俗人生中对"通常人生回声"的一次追寻,文中参差错落的闲言碎语间体现了张爱玲卓尔不群的文采风华。

20世纪初,历史与现实的碰撞与融合,活跃在文坛上的中国现代作家多来自乡土,他们以外来者的身份进入城市,自然对城市缺乏精神上的依恋,所以城市在他们笔下往往是陌生、肤浅的,或是光怪陆离的;而张爱玲是地道的现代都市人,她密切拥抱着、关注着城市,真切地体味、感受并诉说着城市的人生。所以,我们在张爱玲散文中读到的,城市与人之间的那种倾心、贴近、默契在现代文学史上绝无仅有。

本文叙述事件、描物写人,赋形着色,栩栩如生;上下文的衔接流利顺畅,转换自然;轻松曼妙的文笔强化了艺术感染力。在文中,我们看到的是一个世俗的张爱玲。她对日常生活,并且是现时日常生活的细节,怀着一股热切的喜好。文章一开始就先声夺人:"我欲乘风归去,又恐琼楼玉宇,高处不胜寒。"这是苏轼《水调歌头》中的词。全文以此起笔,意在用"高处不胜寒"的文学语言,引出世俗生活中常见的冬季公寓热水管系统失灵的尴尬,优美的词句与公寓生活的苦况形成了强烈反差。但是作者并未停留在生活之苦的感叹上,当写到公寓生活的方方面面时,总是涉笔成趣,妙语解颐,从而发现生活的苦趣。热水管系统成了装饰,还经常发脾气;梅雨时节闹了水灾,高楼的雨也还可爱;市声盈耳带来的是喧闹,"电梯回家"又有几许温馨;看电梯的、巡警无聊中也能给人带来清浅一笑;不雇佣人虽然要亲自下厨,但也体验到乐趣多多;邻里关系难免不快,"牵涉到快乐的授受",也就少了计较,因为"长的是磨难,短的是人生"。之所以如此,关键在于张爱玲和身边的人和事打成一片。

本文是张爱玲居住在上海的高层公寓时种种切身生活感受的自诉,写得有情有味且亲切自然。她能超然达观地承受高层公寓的种种缺陷和不便,并饶有兴致地以审美态度去品味个中的酸甜苦辣。行文中艺术感觉的敏锐和想象力的丰富以及比喻运用的精当奇妙,常令人击节赞赏。

窗

◇钱锺书

又是春天，窗子可以常开了。春天从窗外进来，人在屋子里坐不住，就从门里出去。不过屋子外的春天太贱了！到处是阳光，不像射破屋里阴深的那样明亮；到处是给太阳晒得懒洋洋的风，不像搅动屋里沉闷的那样有生气。就是鸟语，也似乎琐碎而单薄，需要屋里的寂静来做衬托。我们因此明白，春天是该镶嵌在窗子里看的，好比画配了框子。

同时，我们悟到，门和窗有不同的意义。当然，门是造了让人出进的。但是，窗子有时也可作为进出口用，譬如小偷或小说里私约的情人就喜欢爬窗子。所以窗子和门的根本分别，决不仅是有没有人进来出去。若据赏春一事来看，我们不妨这样说：有

本文选自钱锺书著《钱锺书集·写在人生边上·人生边上的边上·石语》（生活·读书·新知三联书店 2011 年版）。钱锺书（1910—1998），字墨存，号槐聚。江苏无锡人。著名学者、作家。曾任中国社会科学院副院长。主要作品有：《围城》《谈艺录》《管锥编》《槐聚诗存》等。

了门，我们可以出去；有了窗，我们可以不必出去。窗子打通了大自然和人的隔膜，把风和太阳逗引进来，使屋子里也关着一部分春天，让我们安坐了享受，无须再到外面去找。古代诗人像陶渊明对于窗子的这种精神，颇有会心。《归去来辞》有两句道："倚南窗以寄傲，审容膝之易安。"不等于说，只要有窗可以凭眺，就是小屋子也住得么？他又说："夏月虚闲，高卧北窗之下，清风飒至，自谓羲皇上人。"意思是只要窗子透风，小屋子可成极乐世界；他虽然是柴桑人，就近有庐山，也用不着上去避暑。所以，门许我们追求，表示欲望，窗子许我们占领，表示享受。这个分别，不但是住在屋里的人的看法，有时也适用于屋外的来人。一个外来者，打门请进，有所要求，有所询问，他至多是个客人，一切要等主人来决定。反过来说，一个钻窗子进来的人，不管是偷东西还是偷情，早已决心来替你做个暂时的主人，顾不到你的欢迎和拒绝了。缪塞（Musset）在《少女做的是什么梦》（*A Quoi revent les jeunes filles*）那首诗剧里，有句妙语，略谓父亲开了门，请进了物质上的丈夫（materiel epoux），但是理想的爱人（ideal），总是从窗子出进的。换句话说，从前门进来的，只是形式上的女婿，虽然经丈人看中，还待博取小姐自己的欢心；要是从后窗进来的，才是女郎们把灵魂肉体完全交托的真正情人。你进前门，先要经门房通知，再要等主人出现，还得寒暄几句，方能说明来意，既费心思，又费时间，哪像从后窗进来的直接痛快？好像学问的捷径，在乎书背后的引得，若从前面正文看起，反见得迂远了。这当然只是在社会常态下的分别，到了战争等变态时期，屋子本身就保不住，还讲什么门和窗！

世界上的屋子全有门，而不开窗的屋子我们还看得到。这指示出窗比门代表更高的人类进化阶段。门是住屋子者的需要，窗多少是一种奢侈。屋子的本意，只像鸟窠兽窟，准备人回来过夜的，把门关上，算是保护。但是墙上开了窗子，收入光明和空气，使我们白天不必到户外去，关了门也可生活。屋子在人生里因此增添了意义，不只是避风雨、过夜的地方，并且有了陈设，挂着书画，是我们从早到晚思想、工作、娱乐、演出人生悲喜剧的场子。门是人的进出口，窗可以说是天的进出口。屋子本是人造了为躲避自然的胁害，而向四垛墙、一个屋顶里，窗引诱了一角天进来，驯服了它，给人利用，好比我们笼络野马，变为家畜一样。从此我们在屋子里就能和自然接触，不必去找光明，换空气，光明和空气会来找到我们。所以，人对于自然的胜利，窗也是一个。不过，这种胜利，有如女人对于男子的胜利，表面上看来好像是让步——人开了窗让风和日光进来占领，谁知道来占领这个地方的就给这个地方占领去了！我们刚说门是需要，需要是不由人做得主的。譬如我饿了就要吃，渴了就要喝。所以，有人敲门，你总得去开，也许是易卜生所说比你下一代的青年想冲进来，也许像德昆西《论谋杀后闻打门声》(*On the knocking at Gate in the Macbeth*)所说，光天化日的世界想攻进黑暗罪恶的世界，也许是浪子回家，也许是有人借债（更许是讨债），你愈不知道，怕去开，你愈想知道究竟，愈要去开。甚至每天邮差打门的声音，也使你起了带疑惧的希冀，因为你不知道而又愿知道他带来的是什么消息。门的开关是由不得你的。但是窗呢？你清早起来，只要把窗幕拉过一边，你就知道窗外有什么东西在招呼着你，是雪，是雾，是雨，还是好太阳，决定要不要开窗子。上面说过窗子算得奢侈品，奢侈品原是在人看情形斟酌增减的。

我常想，窗可以算房屋的眼睛。刘熙《释名》说："窗，聪也；于内窥外，为聪明也。"正如凯罗（Gott-fried Keller）《晚歌》（*Abendlied*）起句所谓："双瞳如小窗（Fensterlein），佳景收历历。"同样地只说着一半。眼睛是灵魂的窗户，我们看见外界，同时也让人看到了我们的内心；眼睛往往跟着心在转，所以孟子认为相人莫良于眸子，梅特林克戏剧里的情人接吻时不闭眼，可以看见对方有多少吻要从心里上升到嘴边。我们跟戴黑眼镜的人谈话，总觉得捉摸不住他的用意，仿佛他以假面具相对，就是为此。据爱克曼（Eckermann）记一八三〇年四月五日歌德的谈话，歌德恨一切戴眼镜的人，说他们看得清楚他脸上的皱纹，但是他给他们的玻璃片耀得眼花缭乱，看不出他们的心境。窗子许里面人看出去，同时也许外面人看进来，所以在热闹地方住的人要用窗帘子，替他们私生活做个保障。晚上访人，只要看窗里有无灯光，就约略可以猜到主人在不在家，不必打开了门再问，好比不等人开口,从眼睛里看出他的心思。关窗的作用等于闭眼。天地间有许多景象是要闭了眼才看得见的,譬如梦。假使窗外的人声物态太嘈杂了,关了窗好让灵魂自由地去探胜,安静地默想。有时,关窗和闭眼也有连带关系,你觉得窗外的世界不过尔尔,并不能给予你什么满足,你想回到故乡,你要看见跟你分离的亲友,你只有睡觉,闭了眼向梦里寻去,于是你起来先关了窗。因为只是春天,还留着残冷,窗子也不能镇天镇夜不关的。

简 评

　　钱锺书先生的散文是典型的学者散文。所谓学者散文,一般说来,大多具有较强的知识性,主旨不在于表情写景,主要的表现手段也不是抒情、写景或叙事,而是议论、说理和达意。它不是以情感人,而是以理服人、以智启人。钱锺书的散文正是以思想的睿智见长。他在散文中,好像是把博大的知识海洋融会贯通,浓缩成涓涓清河或者是深不可测的一潭清水。杂而博,既是钱锺书先生散文的内容特色,也是成就他大家风范的重要手段。读钱锺书先生散文,你总会发现,如数家珍般的知识掌故、信手拈来的名言隽语、幽默尖刻的类比分析、入木三分的刻画描摹,让人忍俊不禁而又拍案叫绝的比喻等,让人大有目不暇接、酣畅淋漓之感。

　　本文是篇幅不长的散文。文中关于"窗"的描写中,蕴含了丰富的人生哲理。从人生与生活的道理上讲,作者认为每个人都需要一扇"窗"与外界沟通,让自己能自由惬意地领略美好的事物,能向外界展现自己真实的一面,能根据自己的情形与喜好做主,而不是感叹人生的身不由己。

　　本文首先叙述了窗的好处,我们足不出户就可以领略到春的气息,泡一杯热茶,坐在一张藤椅上,便可以欣赏春的景色,这是否让你感到很惬意？作者还把窗比作画的框子，而春便镶嵌在窗子上，如果不更换用画框装起来的画，它会一直悬挂在那里，而窗里的画会随着时间的不同、季节的不同而发生改变，因此，我们是否感到窗比画更加有趣呢？

在门和窗的对比中，作者把窗看成人与大自然连通的媒介，因为有了门我们可以走出去，但有了窗我们可以不必出去，外面的风、阳光自然会闯进来，我们能做到的只需要好好地享受就得了。因门和窗的不同，作者把窗表示为享受，把门表示为欲望。我们经常因为追求欲望和谋求私利，而在外人面前修饰自己，挂一些冠冕堂皇的东西，就好比门都是大家看得到的，但表面的往往不一定是真实的，作者举了这样一个例子："缪塞（Musset）在《少女做的是什么梦》（*A Quoi revent les jeunes filles*）那首诗剧里，有句妙语，略谓父亲开了门，请进了物质上的丈夫（materiel epoux），但是理想的爱人（ideal），总是从窗子出进的。换句话说，从前门进来的，只是形式上的女婿，虽然经丈人看中，还待博取小姐自己的欢心；要是从后窗进来的，才是女郎们把灵魂肉体完全交托的真正情人。"由此看来，从窗子进来的才是更加真实与可靠的。生活中人们不见得会如此界定门和窗的职责，但舞台上的艺术让人心悦诚服。

作者还指出，窗比门代表更高的人类进化阶段，窗可以看成是人对自然的胜利。在这里作者用了人与动物做比较、举例子。无论是人还是动物都会造一个门好让自己回家，但还没听过动物给自己造一个窗的。窗使屋子与自然接触，自然中的空气与光明就会找我们。作者说门有时是由不得自己做主的，因为门代表欲望，人在欲望面前经常会做一些由不得你的事；而窗则能全凭自己的喜好在不愿意迎接自然时，直接关上窗帘就行了。其实作者把窗看成奢侈品，"奢侈品原是在人看情形斟酌增减的"。

最后作者把窗象征为眼睛。眼睛是心灵的窗户，通过眼睛人们可以看到一个人内心的想法。眼睛正是人与外界沟通的媒介，当我们不想同外界接触时，我们就会选择闭眼，我们能看到的只能是我们自己的梦了，如同眼睛的窗可以使人有无限的遐想。无怪乎世界各大流派、各种风格的建筑经典都在窗上做足了工夫。

本文是一篇典型的随笔，奇情异想，层递迭出，恰如一段充满不和谐变奏的随想曲，不求某个"中心"或"主题"，而在思绪的散步中引人遐想、省察、体悟一番。全篇文字充满了活泼的张力，尤其是关于窗的比喻真是令人拍案叫绝！

天目山中笔记

◇ 徐志摩

本文选自徐志摩著《巴黎的鳞爪：徐志摩散文精华》（中央编译出版社2013年版）。徐志摩（1897—1931），浙江海宁人。现代诗人、散文家。新月派代表诗人。主要作品有：诗集《志摩的诗》《猛虎集》等。

佛于大众中　说我当作佛
闻如是法音　疑悔悉已除
初闻佛所说　心中大惊疑
将非魔作佛　恼乱我心耶

——《莲华经·譬喻品》

　　山中不定是清静。庙宇在参天的大木中间藏着，早晚间有的是风，松有松声，竹有竹韵，鸣的禽，叫的虫子，阁上的大钟，殿上的木鱼，庙身的左边右边都安着接泉水的粗毛竹管，这就是天然的笙箫，时缓时急的参和着天空地上种种的鸣籁。静是不静的；但山中的声响，不论是泥土里的蚯蚓叫或是轿夫们深夜里"唱宝"的异调，自有一种特别处：它来得纯粹，来得清亮，来得透彻，冰水似的沁入你的脾肺；正如你在泉水里洗濯过后觉得清白些。这些山籁，虽则一样是音响，也分明有洗净的功能。

夜间这些清籁摇着你入梦，清早上你也从这些清籁的怀抱中苏醒。

山居是福，山上有楼住更是修得来的。我们的楼窗开处是一片蓊葱的林海；林海外更有云海！日的光，月的光，星的光，全是你的。从这三尺方的窗户你接受自然的变幻；从这三尺方的窗户你散放你情感的变幻。自在，满足。

今早梦回时睁眼见满帐的霞光。鸟雀们在赞美，我也加入一份。它们的是清越的歌唱，我的是潜深一度的沉默。

钟楼中飞下一声洪钟，空山在音波的磅礴中震荡。这一声钟激起了我的思潮。不，潮字太夸，说思流吧。耶教人说阿门，印度教人说："欧姆"（O-m），与这种声的嗡嗡，同是从撮口外撮到阖口内包的一个无限的波动：分明是外扩，却又是内潜；一切在它的周缘，却又在它的中心：同时是皮又是核，是轴亦复是廓。"这伟大奥妙的'Om'"使人感到动，又感到静；从静中见动，又从动中见静。从安住到飞翔，又从飞翔回复安住；从实在境界超入妙空，又从妙空化生实在：——

闻佛柔软音，深远甚微妙。

多奇异的力量！多奥妙的启示！包容一切冲突性的现象，扩大刹那间的视域，这单纯的音响，于我是一种智灵的洗净。花开花落，天外的流星与田畦间的飞萤，上缀云天的青松，下临绝海的巉岩，男女的爱，珠宝的光，火山的溶液，一婴儿在它的摇篮中安眠。

这山上的钟声是昼夜不间歇的，平均五分钟打一次，打钟的和尚独自在钟头上住着；据说他已经不间歇的打了十一年钟，他的愿心是打到他不能动弹的那天。钟楼上供着菩萨，打钟人在大钟的一边安着他的座，他每晚是坐着安神的，一只手挽着钟槌的一头，从长期的习惯，不叫睡眠耽误他的职司。"这和尚，"我自忖，"一定是有道理的！和尚是没道理的多；方才哪知客僧想把七窍蒙充六根，怎么算总多了一个鼻孔或是耳孔；那方丈师的谈吐里不少某督军与某省长的点缀；哪管半山亭的和尚更是贪嗔的化身，无端摔破了两个无辜的茶碗。但这打钟和尚，他一定不是庸流不能不去看看！"他的年岁在五十开外，出家有二十几年，这钟楼，不错，是他管的，这钟是他打的（说着他就过去撞了一下），他每晚，也不错，是坐着安神的，但此外，可怜，我的俗眼竟看不出什么异样。他拂拭着神龛，神坐，拜垫，换上香烛，掇一盂水，洗一把青菜，捻一把米，擦干了手接受香客的布施，又转身去撞一声钟。他脸上看不出修行的清癯，却没有失眠的倦态，倒是满满的不时有笑容的展露。念什么经？不，就念阿弥陀佛，他竟许是不认识字的。"那一带是什么山,叫什么,和尚?""这里是天目山,"他说。"我知道,我说的是那一带的,"我手点着问。"我不知道,"他回答。

山上另有一个和尚,他住在更上去昭明太子读书台的旧址,盖着几间屋,供着佛像,也归庙管的,叫作茅棚。但这不比得普渡山上的真茅棚,那看了怕人的,坐着或是偎着修行的和尚没一个不是鹄形鸠面,鬼似的东西。他们不开口的多,你爱布施什么就放在他眼前的篓子或是盘子里,他们怎么也不睁眼,不出声,随你给的是金条或是铁条。人说得更奇了。有的半年没有吃过东西,不曾挪过窝,可还是没有死,就这冥冥的坐着。他们大约离成佛不远了,单看他们的脸色,就比石片泥土不差什么,一样这黑刺刺,死僵僵的。"内中有几个,"香客们说,"已经成了活佛,我们的祖母早三十年来就看见他们这样坐着的!"

但天目山的茅棚以及茅棚里的和尚,却没有那样的浪漫出奇。茅棚是尽够蔽风雨的屋子,修道的也是活鲜鲜的人,虽则他并不因此灭却他给我们的趣味。他是一个高身材、黑面目,行动迟缓的中年人;他出家将近十年,三年前坐过禅关,现在到山上茅棚里来修行;他在俗家时是个商人,家中有父母兄弟姊妹,也许还有自身的妻子;他不曾明说他中年出家的缘由,他只说"俗业太重了,还是出家从佛的好",但从他沉着的语音与持重的神态中可以觉出他不仅是曾经在人事上受过磨折,并且是在思想上能

分清黑白的人。他的口，他的眼，都泄漏着他内里强
自抑制，魔与佛交斗的痕迹；说他是放过火杀过人的
忏悔者，可信；说他是个回头的浪子，也可信。他不
比那钟楼上人的不着颜色，不露曲折。他分明是色
的世界里逃来的一个囚犯。三年的禅关，三年的草
棚，还不曾压倒、不曾灭净，他肉身的烈火。"俗业太
重了，还是出家从佛的好"；这话里岂不颤栗着一往
忏悔的深心？我觉得好奇，我怎么能得知他深夜趺
坐时意念的究竟？

> 佛于大众中　说我当作佛
> 闻如是法音　疑悔悉已除
> 初闻佛所说　心中大惊疑
> 将非魔作佛　恼乱我心耶

但这也许看太奥了。我们承受西洋人生观洗礼
的，容易把做人看太积极，入世的要求太猛烈，太不
肯退让，把住这热虎虎的一个身子一个心放进生活
的轧床去，不叫他留存半点汁水回去；非到山穷水尽
的时候，决不肯认输，退后，收下旗帜；并且即使承认
了绝望的表示，他往往直接向生存本体的取决，不来
半不阑珊的收回了步子向后退：宁可自杀，干脆的生
命的断绝，不来出家，那是生命的否认。不错，西洋
人也有出家做和尚做尼姑的，例如亚佩腊与爱洛绮
丝，但在他们是情感方面的转变，原来对人的爱移作
对上帝的爱，这知感的自体与它的活动依旧不含糊
的在着；在东方人，这出家是求情感的消灭，皈依佛

法或道法,目的在自我一切痕迹的解脱。再说,这出家或出世的观念的老家,是印度不是中国,是跟着佛教来的;印度可以会发生这类思想,学者们自有种种哲理上乃至物理上的解释,也尽有趣味的。中国何以能容留这类思想,并且在实际上出家做尼僧的今天不比以前少,(我新近一个朋友差一点做了小和尚!)这问题正值得研究,因为这分明不仅仅是个知识乃至意识的深浅问题,也许这情形尽有极有趣味的解释的可能,我见闻浅,不知道我们的学者怎样想法,我愿意领教。

十五年九月

简评

　　徐志摩先生这篇个性十足的散文,写于1926年秋天。后人并不知道当时徐志摩的心态,在经历人生的重大变故之后,是如此的一言难尽。负笈海外多年,尤其是在剑桥的两年,徐志摩先生深受西方教育的熏陶及欧美浪漫主义和唯美派诗人的影响,创作上基本奠定其浪漫主义诗风。但是,徐志摩先生一向被人视为一个情感充溢、踊跃入世的诗人。

　　本文标题为《天目山中笔记》,说是"笔记",其实不一定与山有关,也有可能只因是在山中所记而已,山中只是作者借以侧身的环境。不过,山也并非和该文主旨完全无干。天目山是浙西名山之一,山色秀丽而富有情趣,多奇峰竹林、悬崖峭壁、古木森森。所谓"天下名山僧占多",天目山作为名山,不可避免地与佛与禅息息相关。作为题记的那段偈文,已经揭示了该文的用意。劈头一句"山中不定是清静":有松声,有竹韵,有啸风,有鸣禽——"静是不静的",因为有"声"。有"声",却不是俗世的嘤嘤嗡嗡,而是天然的声音,显得纯粹、清亮、透彻,使人心宁意远,这种不静反而是静。"声"之后写"色"——作者目所能及的一切：林海、云海、日光、月光和星光，并非纷扰熙攘的尘世，故而人处其中就会自在而满足。写到这里，文章已经体现出一点点徐志摩的境界了，实际上却依然距离那段有"佛"和"法音"等字样的偈文太远。直到他在对山中的钟音做了一番颂赞之后感叹："闻佛柔软音，深远甚微妙。"钟这种单纯的音响，是对人的灵智的一种启示，它包容了万世万物，无始，亦无终，无声，亦无色。

作者笔下的天目山被有意地分成了三节。第一节主要写天目山中有景物，尤其是各种声响；第二、三节分别写了两个和尚（"打钟的和尚"和"住在昭明太子读书台旧址的和尚"）。这种景物和人事的判然分离，显得有点不协调，尤其是第一节，似乎是很孤立地放在那里的，但细读起来却会发现，这三节其实是三种不同的佛境的表现："我"倾听各种声音达到对佛教的理解；和尚的生活方式是无知却又是大智；和尚体现了一种苦修。三种佛境传达了作者思想感情的独特状态。"山居是福，山上有楼住更是修得来的。"这里其实蕴涵着作者心中的佛缘："夜间这些清籁摇着你入梦，清早上你也从这些清籁的怀抱中苏醒。"佛缘在心中，山中的作者内心是宁静、熨帖的。

徐志摩先生与佛教的因缘主要来自家庭的影响。他生于一个虔诚信佛的家庭，周岁时一个叫志恢的和尚抚摸了他的头，为了志恢和尚"必成大器"的预言，在他赴美留学前夕，更名为"志摩"。徐志摩先生深受西方科学的影响，一生不信奉任何宗教，但从小耳濡目染，佛教特别是禅宗教义对他后来的成长和诗文创作有着潜在的影响。

徐志摩先生的诗文具有很强的性灵意识，时常会有禅意跳出。本文就是诗人的性灵与"佛"与"禅"之间融会贯通的典范。

威尼斯的水和『水』

◇刘思慕

威尼斯——于我有一点引入神秘的想象的魔力。浪漫的故事,中世的情调,商人王国的豪华,满载着东方的珍宝和奇谈归来的海客,尤其是那里的水——把这中古的城市包围,穿插,激溅,翻涌,淹没的水,和水上的万千的巨舸和游艇。

不知在什么时候,我看见了一幅威尼斯城的画片或照片,我悠然神往。从国外回来的朋友说起威尼斯的风物——烟水、桥和游艇,我听着像听海客谈海上的神山那样。往古诗歌所歌咏,笔记所渲染,尤其是《桃花扇》所记叙的秦淮河的景物,是我童年所憧憬的画图之一。临河的旧家亭苑,傍岸的画舫,虹样的桥头,那是幽期密约的所在地,那是产生缠绵悱

本文选自林非主编《20世纪名家经典海外游记》(四川美术出版社2003年版)。刘思慕(1904—1985),原名刘燧元,广东新会人。作家、学者、翻译家。主要作品有:散文集《欧游漫忆》《樱花和梅雨》《野菊集》《国际通讯选》,译著《蔚兰的城》《歌德自传》等。

恻的情歌的摇篮。威尼斯与秦淮当无二致。想象月明之夜,烟波微茫,天水一色,双桨拨水作声,隐闻情侣的谑笑和间作的微叹,更或送来几声竖琴的琤琮哀响,与海潮的呜咽和海浪的澌濺相和,滨海的威尼斯似乎又比秦淮多致了。

我又想,或者也有这样一夜吧!月黑,风一丝儿也不动,怪异古式的海船在舣等着,废圮的旧宅,呆跨着的无数的桥,船身和修长的船桅,这一切的灰黑的影,倒在黝黑的柔弱的河水上,没有激濺,没有荡漾。死一样的静,绝对的静……

潜伏在下意识中未能免俗的宿命论的模糊的见解,得着这种想象的材料的滋养,便常演成幽奇的梦。河幻作忘河了,那奇异的船仿佛就是命运的船——载到冥土去的船。沉重,静默,压罩着一切。我曾企图以诗的词句描写这种梦幻,人生的黑影,但是我失败了,梦幻和黑影也不是诗所能把捉、模拟的吧!

秦淮河的巡礼,给我的只是幻想的破灭,濒于干涸的龌龊灰绿的河水,破旧的船艇,连可以歌咏流连的旧痕,也使人辨不出来,更说不到供我想象的驰骋了。威尼斯,我希望,总能给我以异样的印象吧!

从维也纳到威尼斯去,不过是十二个钟头的路程。火车抵站刚是午饭时候。我心里盘算,假如接车的朋友爽约的话,我便雇一部汽车跑到他住的旅馆访他。然而我的朋友早已在站里候我,更有出人意料的,就是他告诉我这里只靠船只来往,此外便是步行，车呢，不论汽车或马车连影儿也看不见。这句话，一出车站栅门便证实了，别的大城市的车水马龙的喧闹，这里是见不着的，车站位在河边，站旁就是来往威尼斯各地的小轮船的渡头。我们坐上小轮先到朋友住的旅馆去。船在一条颇阔的运河中行，河外就是亚得里亚海。河中有小汽船、摩托船、小艇，梭一般穿插着。小艇蜿蜒作龙形，尾端，向上跷起，平时是一个人用橹摇的。这种饶有中古意味的游艇大抵是意大利特有的吧。运河的两旁多半是富家的邸宅别墅，墙壁虽多已颜色剥落，然画栋珠帘的豪华规模，还没有失去多少。每家都有门临河，门前多停着房主人自备的小摩托船或游艇。每隔数丈便有支运河，水道像网一样纵横穿插着。从每一运河望过去，便看见无数形状参差的桥跨着，我们坐的小船约三几分钟便停一停，时而此岸，时而彼岸。我想，大运河之于威尼斯正如大马路之于其他城市那样，而渡客的小火轮就是其他城市的电车了。时见有青年的妇人站在门口的阶石上柔声唤舟，一橹摇来便把妇人载去，妇人坐在船后的靠椅上开卷浏览，泰然自若。

我原也是生长在多水的地方，江南的云水之乡也曾印过我的足迹。然而那里的水和水上的风物总是那样的单调，清淡，比起威尼斯的千态万状来，真有点像写意的中国山水画与西洋油画的差别那样。

船行二十分钟，便到了我想下宿的旅馆前面。旅馆位在运河口的海边三层的建筑，房舍已有点陈旧了，但设备倒还齐整，我把行李安顿好之后，饱餐了一顿甘脆可口的午膳，喝了几杯朋友特为我预备的醇旧的红葡萄酒，便再乘小火轮到离威尼斯城不远的里多（Lido）岛去。

里多是威尼斯城附近的一个有名的避暑的小岛，那里有海水浴场及许多娱乐场所。我们往游的时候已是深秋天气，游人已经星散了。街道幽静得很，沿途的咖啡店和酒馆静悄悄的，美术品和装饰品店差不多没有一个主顾，女售货员在门前悠闲地张望着。我们拣了一个近海的大咖啡馆进去歇歇。

咖啡店是由三间高敞的厅堂构成，外头还有一个宽大的廊，可以眺海，恰成一个凸字形。门窗的玻璃明净如雪，天花板和墙粉作浅蓝色，图案是中古的底子而已现代化了。帘帷桌椅还是夏天的陈设。顾客不过二三十人，散坐在大堂的角隅，正如晨星之点缀着蔚蓝的天空那样。堂的中央是音乐队的所在，乐师三人，而掌管的是钢琴、小提琴和大提琴的弹奏，每隔几分钟，他们便懒洋洋地奏起来。我们各叫了一壶咖啡，味道倒还不恶。坐在舒服的藤做的沙发上，我们悠然漫谈着意大利的风物。一会来了三十几个人的瑞士旅行团，围着一张长桌子坐着，服务员开始奔走张罗了，屋子顿形热闹，音乐师的弹奏似乎也有点起劲。但是大的厅堂还是空去十分之七八，季节的阑珊，仍不能掩盖。

我们来到的时候，天已是阴阴的，我们坐不到半个钟头，天便下起丝丝细雨来。我们跑到前廊眺望着。灰色的雨云从远远地平线上浮过来,刹那间,海中的万竿的船艇,岛中的楼宇,历历在望的威尼斯城,城中的马古斯教堂,国家画廊,一切都浸在微茫灰白的烟雨中了。我曾在北平的西山上的破屋中眺过雨,还留在脑子里的印象是龙奔似的白云,如洗的山容,在风中猛摇曳着的枣树,和瀑布似的向下冲流的雨潦。我独游慕尼黑城(德国)的斯丹堡湖(Sternberger Sea)的时候,在半路也遇着雨,我便在道旁的亭子上等待到雨晴。湖光山色和沿湖的树木给细雨沐浴过之后,格外的娇柔鲜妍,像初抹色的图画那样。西山上的雨多少带一点狂暴,湖上的雨遗留给我的印象虽有点与这次在(水国)所遇的相仿佛,然总没有那样的融和伟大,气象万千。打个比方:湖上的雨不过是小家碧玉,浣纱西子,而"水国"中的雨却是仪态万方的克娄巴特拉(Cleopatra,古埃及女皇)了。

从里多岛回到威尼斯城,雨已停了,天还没有黑,我们便到大街上走去。先跑到威尼斯城最有名的马古斯(Marcus)教堂的广场去。广场上有一瞭望全城的高塔,塔上和广场中飞着走着千百的鸽子。广场上的游人不少,鸽子见了人来也不惊飞。马古斯教堂是以嵌镶图画(Mosaic)著名。那里的神像,寺顶的图案绘画都是由彩色的石头嵌镶而成,虽是经过悠久的年代,但还是那样的闪着辉煌的金碧斑斓的五色。在幽暗的光线之下,越使人感到神秘而谐和的色香。中古威尼斯王国的黄金时代,可以从这些嵌镶细工窥见一斑。我曾鉴赏过巴黎的圣母寺（Noire Dame）的彩色的画玻璃，我曾游过波茨坦（Potsdam）（柏林附近）的贝宫，那都是帝王和寺院可以傲百世的伟大的艺术品，然鬼斧神工，终比马古斯教堂逊一筹吧！

沿着广场的前面和右侧，开设着光怪陆离的美术品商店。出了广场便是威尼斯城最热闹的街市。街道是窄窄的，商店密密地排着，行不了数步，便须拐弯，便须过桥，水不断在望。我们从马古斯教堂出来的时候，已是黄昏，华灯初上，街上的行人渐多起来。因为街道狭窄，而没有车马的缘故，格外显得拥挤。

当我还在维也纳的时候，先我一月归国的朋友已有信来，艳称威尼斯的女人之美。我这回在渡客的小轮上和里多岛上已发现了一些美好的脸庞。在热闹街市走的时候，我留心张望着，更觉得似乎女人多过男人，而且女子中十居八九是带着青春和美貌。丑恶倒成为例外的了。修长适度而轻盈的身材，丰满而微长的脸孔，白而带淡褐的颜色，深棕或黄色的头发，秀长的眉峰下，薄薄的眼皮包着灰蓝的双眸，清亮而不流于尖锐，柔软而不失诸佻薄的语音。这一切是我所见的威尼斯女人的型，但这决不能尽她们之美，更不是说她们的美是那样的千篇一律。她们没有施浓厚的脂粉，也没有着意穿戴。她们的美在于她们的体态的匀称，在于她们的富于表情的眉眼，浅笑和活泼而又温柔的仪态。那是天然的美，谐和的美，动的美，海的美——据说巴黎以女人艳称于世，我曾在巴黎逗留了三四天，那里的女人没有给我留下什么印象。从德国跑到维也纳去的头几天，我便觉得，连站在街边的卖淫妇也像是比德国的高明；但奥京的女人比起威尼斯来却失之浓艳了。匈牙利京城三日之游，使我至今还感到靺鞨（Magyar）女人的黝深的双眸的魅力。但是，匈牙利女人的美是草原的美，终究欠点温柔，欠点流动，欠点含蓄。苏州的女人，似乎与威尼斯的女人有点近似了。然而不是太过轻软便是带有点病态，究竟不能相提并论。《红楼梦》说，女人是水做的。"水国"的水不凡，"水"当然也不凡了吧！

我一路在人丛中左顾右盼地慢慢走着，我在欣赏，我在赞美——这女人的乐园呵！连两旁的商店也大半是为女人而设，不是卖女人戴的项链，便是陈列着女人用的手袋，手袋上的图案，多半是威尼斯的风景——桥、游艇和水。

我们回到旅馆吃晚饭的时候，餐室里已坐了七八个客人，其中有两个从德国来的希特勒女信徒，一个上了三十岁的白俄女人和两个从意大利乡下来的母女。德国女人是很年轻的，但那股粗劲，教人不生什么美感。白俄女人，在浓淡得宜的装扮之下，加上两个笑涡和流动的双眸，使人相对忘了她已是过时的花朵，但是那没骨般的柔媚，终不能诉动人们较高尚的情绪。那意大利女郎，也有二十四五岁了，相貌倒还华贵秀艳，但端庄中失之凝重，与威尼斯型终有不同。我是不相信地理决定论的人，但这回竟有点迷惑了。水，真个做成威尼斯女人的美吗？

晚上我们跑到小歌剧场去。我曾听过德、奥、匈的有名的小歌剧，意大利的演奏也没有什么特别使我怀恋的地方。但是威尼斯女人的声音之美，我更充分领略了。意大利的字尾全为母音，与日本语相似，声调比法语低沉，男子说起来不很好听，但女子较高的声带说起来，便有抑扬，像东京女子之说日本话那样，带点音乐的味道。

剧终人散，已是夜半，我们带着微雨，踏过一道又一道的桥，回到旅馆。翌晨雨转大了，我们因船期所限，冒着风雨，乘小火轮到大船停靠的地方去。

别了，威尼斯！在风雨中别了！我在威城只过了一宿，也没有作过幽奇的梦；我只走马看花般匆匆把威城看了几眼，连有名的游艇我也没有坐过。但是，威尼斯之游没有使我失望，而且我还有意外的收获，那便是水以外的"水"之瞻礼。然而水的美只有音乐可能描摹一二，"水"的美之赞颂恐怕更在音乐的能力以外，遑论文字，如是，我这篇不伦不类的东西，终不免有"唐突西施"之嫌了！

简评

刘思慕先生自幼喜欢白居易、李商隐、龚自珍的诗和李清照的词，曾仿作一些旧诗词，后来积极投身新文化运动，开始爱好新文学，曾经参与创立广州文学研究会，发表新诗和散文。刘思慕先生从青年时代起，就追求进步，向往革命，走过一条充满艰辛、崎岖坎坷的进步之路。中华人民共和国成立后，刘思慕先生主要从事国际问题的研究和著述，同时在《世界知识》《文艺报》等报刊发表一些游记、杂文和文艺评论，其中以游记较为突出。

威尼斯是世界著名的水城，它的美是由水和桥构成的，是世界上唯一没有汽车的城市，素有"亚得里亚海明珠"之称，享有"水上都市"之誉。威尼斯四周环海，从地图上看，它仿佛是一颗镶嵌在长靴靴腰上的水晶，在亚得里亚海的波涛中熠熠生辉。威尼斯的风情总离不开"水"，蜿蜒的水巷，流动的清波，就好像一个漂浮在碧波上浪漫的梦，诗情画意久久挥之不去。

　　关于水城威尼斯，本文已经说得很多、很细致。在本文的前半部分，作者通过未见和既见之后的想象与实地参观，对威尼斯的介绍虚实结合，具体生动。必须指出的是，本文作者要表达的重点却不在这里，"当我还在维也纳的时候，先我一月归国的朋友已有信来，艳称威尼斯的女人之美。"至此笔锋一转才是作者的正题。屠格涅夫曾说："威尼斯是温柔的、甜蜜的、充满蛊惑的，犹如女人的臂弯。如果不是这些熙熙攘攘的游客打破了这里的宁静，威尼斯该是多么美丽又恬静的水国呀。可惜威尼斯商人的经商本能是不会让这里与外界隔绝的，所以水城注定还会热闹下去。那种幻境，只有在梦中才会出现了。"本文作者和屠格涅夫在对"威尼斯的水和女人"的感觉上是一致的，他们可以说是真正的"知音"。

　　虽然标题有些费解，但读了文章之后我们就会明白，"水"指的是威尼斯美丽的女人。这不奇怪，我们很容易想到《红楼梦》里关于"女儿是水做的"说法，也可以联想到宋玉的名句："增之一分则太长，减之一分则太短，傅粉则太白，施朱则太赤。"威尼斯的水不仅如秦淮河一般的缠绵，又有着海的宏阔气魄，故威尼斯女人的美，是"天然的美，谐和的美，动的美，海的美"，这是文中最为传神的一句。"修长适度而轻盈的身材，丰满而微长的脸孔，白而带淡褐的颜色，深棕或黄色的头发，秀长的眉峰下，薄薄的眼皮包着灰蓝的双眸，清亮而不流于尖锐，柔软而不失诸佻薄的语音。"这还不算，"我们回到旅馆吃晚饭的时候，餐室里已坐了七八个客人,其中有两个从德国来的希特勒女信徒,一个上了三十岁的白俄女人和两个从意大利乡下来的母女。德国女人是很年轻的,但那股粗劲,教人不生什么美感。白俄女人,在浓淡得宜的装扮之下,加上两个笑涡和流动的双眸,使人相对忘了她已是过时的花朵,但是那没骨般的柔媚,终不能诉动人们较高尚的情绪。那意大利女郎,也有二十四五岁了,相貌倒还华贵秀艳,但端庄中失之凝重,与威尼斯型终有不同。我是不相信地理决定论的人,但这回竟有点迷惑了。水,真个做成威尼斯女人的美吗?"比较中隐藏着盛赞。读到此处,令人费解的标题便迎刃而解了。

在文中,作者毫不掩饰自己的惊喜、赞赏和别绪,如文章结尾一段,作者饱含深情地写道:"别了,威尼斯!在风雨中别了!我在威城只过了一宿……"可见,作者是把异国风情作为美的欣赏对象而刻意渲染的,正如他在1983年回顾这部游记创作时指出,《欧游漫忆》尽管"准风月谈"占了不少篇幅,但是,意大利女人的温柔的美和威尼斯水国的深邃的美同样作为自然的美来欣赏。

从本文中,我们可以感受到作者的诗人气质,感受到那种缠绵婉转的韵味和情调。文学史家王瑶认为:"文章对于浓艳的色与香的敏锐感受和富有诗意的表现方式,是十分优美动人的。他善于运用中国古典诗词的意境来描绘景物,又往往用人们熟悉的中国的类似景色来联想和对比,因而常有寓情于景、引人入胜之致。"

古庙杂谈（四）

◇ 章衣萍

我初到北京的那一年，东安市场仿佛是一片焦土，只有几间矮小的店铺，还留着几壁烧残的危墙。伴我到东安市场的 T 君，指着一堆瓦砾的焦土告我说，"那里从前是很热闹的。"

"哦！"我毫无感想地回答 T 君。

不知过了几月，而东安市场在鸠工动土了。又不知过了几月，而东安市场焕然一新了。

那时我相识的似乎只有 T 君，所以再陪我去逛新建筑的东安市场的仍然是他。

"呵！如今的东安市场比从前宽敞得多，整齐得多了。房屋比从前高大，街道也比从前开展了。"T 君赞美地说。

本文选自鲁迅等著《中国现代散文精华》（人民文学出版社1993 年版）。章衣萍（1902—1947），乳名灶辉，又名洪熙。安徽绩溪人。现代作家和翻译家。主要作品有：《古庙集》《一束情书》《樱花集》等。

"哦！"我含糊地回答 T 君,脑中引起许多的感想来。

我们徽州的热闹商埠,当然要推屯溪镇了,所以徽州人都称屯溪镇为小上海。

有一年,那时我头上还梳着小辫子罢,屯溪镇失火了,一晚便烧去几百家。

我惨然了,听见这火灾的消息以后。

"那有什么呢？屯溪镇是愈烧愈发达的。"父亲毫不在意地说。

"难道烧去许多房屋财物也不可惜么？难道这样大的损失反愈损失愈发达么？"我似乎不相信父亲的话地说。

"损失,这不过暂时的。我所看见的屯溪镇是:火烧一次,房屋整齐而且高大一次;火烧一次,街道宽大而且洁净一次;火烧一次,市面繁华一次。"

我当然不懂了,因为父亲说的是屯溪镇的历史上的话;而我那时年纪很小,我的头脑中简直没有屯溪镇的历史。

但后来也渐渐明白了,从我的头上的小辫子剪了以后。

我看见了许多古旧的老屋,在我的故乡,污秽而且狭隘,墙壁已倾斜得摇摇欲倒了,然而古屋里的人们照样地生活着,谈着,笑着,他们毫不感觉危险而且厌恶。

我怀疑而且不安了,"这么古旧的老屋还不想法子改造么？"

"改造，谈何容易，要损失，还要代价。"一个老年人很藐视地告诉我，他是我的亲戚。

我恍然了，知道改造不是那么容易。

然而狂风吹来，古屋倒了，新屋又建筑起来了；大火烧来，古屋毁了，新屋又建筑起来了。狂风和大火底下，当然损失了不少的生命和财产，然而新屋终于建筑了起来。

从此以后，我赞美狂风，也赞美大火，它们诚然是彻底的破坏者；然而没有它们，便也没有改造。

有时我也替愚蠢的人们可怜；有时我又想，为了改造，为了进步，愚蠢的人们是应该牺牲。

我希望狂风和大火毁坏了眼前之一切的污秽而狭隘的房屋，在荒凉的大地上，再建筑起美丽而高大的官殿来。我希望彻底的破坏，因为有彻底的破坏，才有彻底的建设。

我赞美东安市场过去的大火，因为有了它，东安市场才有现在的新建设。

十四，三，二十五

简评

1925 年，章衣萍先生的成名作《桃色的衣裳》问世，据说这是由他的女友吴曙天的那件粉红色的衣裳而激发出的灵感写成的，读之很有韵味。章衣萍先生自己也很得意，自称文章第一流。章衣萍凭着自己的才气和胡适、鲁迅两位先生的提携，在当时的中国文坛上享有盛誉。有人认为，现代文学史上著名作家、翻译家章衣萍先生的过人之处就是有胆量、讲义气。在现代文学史上，曾有人作过这样的评价：读现代散文小品，给我印象最深的是两个人，一个是梁遇春，一个是章衣萍。因为他俩给人们的印象是一样的年轻，一样的热情，一样的有胆识，一样的有独立思考精神，一样的率直与渴望光明、追求进步。他们就像激流中的两条木筏逆流而上，体现了迎着困难前行的勇气。1928年前后，章衣萍先生写作《古庙集》时，是一位热血青年，他虽不能像鲁迅那样用"匕首""投枪"和文坛上的各种人战斗，但他的长矛也足以刺伤那些古旧的、虚伪的假面孔，给周围的人带来一份清新与舒畅。

年轻的章衣萍是一个激进主义者。生长在一个朝代更迭、内忧外患的时代，热血青年大多以"国家兴亡，匹夫有责"为己任，章衣萍亦不例外。他在《漫语》中写道："一次敌人的侵袭来了，我们从梦中醒来；有的呐喊几声，有的散几张传单，有的割破自己的指头而血书几个无聊的字，这样，便是所谓自命睡狮的人们的反抗了……反抗要有动作。动作不仅是动嘴，我们有手的应该动手，有脚的应该动脚。打我们的也不妨打它！杀我们的也不妨杀它！……你们应该流血，不应该流泪……"章衣萍先生用有力的笔高声地呼唤着、呐喊着，为的是唤起民众起来抗争，抵抗是要有牺牲的，要勇于流血，要勇于牺牲，要斗争到底。

因为勇于斗争的精神，作者在本文发出鲁迅式的呼喊："我希望狂风和大火毁坏了眼前之一切的污秽而狭隘的房屋，在荒凉的大地上，再建筑起美丽而高大的宫殿来。我希望彻底的破坏，因为有彻底的破坏，才有彻底的建设。"多么具有震撼人心的力量！

只有经过认真咀嚼，我们才能感受到作者所谓"破坏"的真正意义。作者目睹了东安市场的大火后不由得想起了故乡屯溪一次次的火灾。"损失，这不过暂时的。我所看见的屯溪镇是：火烧一次，房屋整齐而且高大一次；火烧一次，街道宽大而且洁净一次；火烧一次，市面繁华一次。"而后，"我希望彻底的破坏，因为有彻底的破坏，才有彻底的建设。"破坏和再建设是社会发展过程中不可或缺的，那么作者所说的破坏是一种什么样的破坏呢？应该是有积极意义的。"我们不但善于破坏一个旧世界，我们还将善于建设一个新世界。"这才是破坏有价值的一面。

阳

关雪

◇余秋雨

本文选自余秋雨著《文化苦旅》（东方出版中心1992年版）。余秋雨（1946— ），浙江余姚人。中国著名文化学者，理论家、文化史学家、散文家。主要作品有：散文集《文化苦旅》《山居笔记》《霜冷长河》《行者无疆》《千年一叹》等，学术专著《戏剧理论史稿》《中国戏剧文化史述》《戏剧审美心理学》《艺术创造工程》等。

中国古代，一为文人，便无足观。文官之显赫，在官场而不在文，他们作为文人的一面，在官场也是无足观的。但是事情又很怪异，当峨冠博带早已零落成泥之后，一杆竹管笔偶尔涂划的诗文，竟能镌刻山河，雕镂人心，永不漫漶。

我曾有缘，在黄昏的江船上仰望过白帝城，顶着浓洌的秋霜登临过黄鹤楼，还在一个冬夜摸到了寒山寺。我的周围，人头济济，差不多绝大多数人的心头，都回荡着那几首不必引述的诗。人们来寻景，更来寻诗。这些诗，他们在孩提时代就能背诵。孩子们的想象，诚恳而逼真。因此，这些城，这些楼，这些诗，早在心头自行搭建。待到年长，当他们刚刚意识到有足够脚力的时候，也就给自己负上了一笔沉重的宿债，焦渴地企盼着对诗境实地的踏访。为童年，为历史，为许多无法言传的原因。有时候，这种焦渴，简直就像对失落的故乡的寻找，对离散的亲人的查访。

文人的魔力，竟能把偌大一个世界的生僻角落，变成人人心中的故乡。他们褪色的青衫里，究竟藏着什么法术呢？

今天，我冲着王维的那首《渭城曲》，去寻阳关了。出发前曾在下榻的县城向老者打听，回答是："路又远，也没什么好看，倒是有一些文人辛辛苦苦找去。"老者抬头看天，又说："这雪一时下不停，别去受这个苦了。"我向他鞠了一躬，转身钻进雪里。

一走出小小的县城，便是沙漠。除了茫茫一片雪白，什么也没有，连一个皱折也找不到。在别地赶路，总要每一段为自己找一个目标，盯着一棵树，赶过去，然后再盯着一块石头，赶过去。在这里，睁疼了眼也看不见一个目标，哪怕是一片枯叶，一个黑点。于是，只好抬起头来看天。从未见过这样完整的天，一点儿也没有被吞食，边沿全是挺展展的，紧扎扎地把大地罩了个严实。有这样的地，天才叫天。有这样的天，地才叫地。在这样的天地中独个儿行走，侏儒也变成了巨人。在这样的天地中独个儿行走，巨人也变成了侏儒。

天竟晴了，风也停了，阳光很好。没想到沙漠中的雪化得这样快，才片刻，地上已见斑斑沙底，却不

阳关雪

107

见湿痕。天边渐渐飘出几缕烟迹，并不动，却在加深，疑惑半晌，才发现，那是刚刚化雪的山脊。

地上的凹凸已成了一种令人惊骇的铺陈，只可能有一种理解：那全是远年的坟堆。

这里离县城已经很远，不大会成为城里人的丧葬之地。这些坟堆被风雪所蚀，因年岁而坍，枯瘦萧条，显然从未有人祭扫。它们为什么会有那么多，排列得又是那么密呢？只可能有一种理解：这里是古战场。

我在望不到边际的坟堆中茫然前行，心中浮现出艾略特的《荒原》。这里正是中华历史的荒原：如雨的马蹄，如雷的呐喊，如注的热血。中原慈母的白发，江南春闺的遥望，湖湘稚儿的夜哭。故乡柳荫下的诀别，将军圆睁的怒目，猎猎于朔风中的军旗。随着一阵烟尘，又一阵烟尘，都飘散远去。我相信，死者临亡时都是面向朔北敌阵的；我相信，他们又很想在最后一刻回过头来，给熟悉的土地投注一个目光。于是，他们扭曲地倒下了，化作沙堆一座。

这繁星般的沙堆，不知有没有换来史官们的半行墨迹？史官们把卷帙一片片翻过，于是，这块土地也有了一层层的沉埋。堆积如山的二十五史，写在这个荒原上的篇页还算是比较光彩的，因为这儿毕竟是历代王国的边远地带，长久担负着保卫华夏疆域的使命。所以，这些沙堆还站立得较为自在，这些篇页也还能哗哗作响。就像干寒单调的土地一样，出现在西北边陲的历史命题也比较单纯。在中原内地就不同了，山重水复、花草掩荫，岁月的迷宫会让最清醒的头脑胀得发昏，晨钟暮鼓的音响总是那样的诡秘和乖戾。那儿，没有这么大大咧咧铺张开的沙堆，一切都在重重美景中发闷，无数不知为何而死的怨魂，只能悲愤懊丧地深潜地底。不像这儿，能够袒露出一帙风干的青史，让我用20世纪的脚步去匆匆抚摩。

远处已有树影。急步赶去，树下有水流，沙地也有了高低坡斜。登上一个坡，猛一抬头，看见不远的山峰上有荒落的土墩一座，我凭直觉确信，这便是阳关了。

树愈来愈多，开始有房舍出现。这是对的，重要关隘所在，屯扎兵马之地，不能没有这一些。转几个弯，再直上一道沙坡，爬到土墩底下，四处寻找，近旁正有一碑，上刻"阳关古址"四字。

这是一个俯瞰四野的制高点。西北风浩荡万里，直扑而来，踉跄几步，方才站住。脚是站住了，却分明听到自己牙齿打战的声音，鼻子一定是立即冻红了的。呵一口热气到手掌，捂住双耳用力蹦跳几下，才定下心来睁眼。这儿的雪没有化，当然不会化。所谓古址，已经没有什么故迹，只有近处的烽火台还在，这就是刚才在下面看到的土墩。土墩已坍了大半，可以看见一层层泥沙，一层层苇草，苇草飘扬出来，在千年之后的寒风中抖动。眼下是西北的群山，都积着雪，层层叠叠，直伸天际。任何站立在这儿的人，都会感觉到自己是站在大海边的礁石上，那些山，全是冰海冻浪。

王维实在是温厚到了极点。对于这么一个阳关，他的笔底仍然不露凌厉惊骇之色，而只是缠绵淡雅地写道："劝君更尽一杯酒，西出阳关无故人。"他瞭了一眼渭城客舍窗外青青的柳色，看了看友人已打点好的行囊，微笑着举起了酒壶。再来一杯吧，阳关之外，就找不到可以这样对饮畅谈的老朋友了。这杯酒，友人一定是毫不推却，一饮而尽的。

这便是唐人风范。他们多半不会洒泪悲叹，执袂劝阻。他们的目光放得很远，他们的人生道路铺展得很广。告别是经常的，步履是放达的。这种风范，在李白、高适、岑参那里，焕发得越加豪迈。在南北各地的古代造像中，唐人造像一看便可识认，形体那么健美，目光那么平静，神采那么自信。在欧洲看蒙娜丽莎的微笑，你立即就能感受，这种恬然的自信只属于那些真正从中世纪的梦魇中苏醒、对前路挺有把握的艺术家们。唐人造像中的微笑，只会更沉着、更安详。在欧洲，这些艺术家们翻天覆地地闹腾了好一阵子，固执地要把微笑输送进历史的魂魄。谁都能计算，他们的事情发生在唐代之后多少年。而唐代，却没有把它的属于艺术家的自信延续久远。阳关的风雪，竟越见凄迷。

王维诗画皆称一绝，莱辛等西方哲人反复论述过的诗与画的界线，在他是可以随脚出入的。但是，长安的宫殿，只为艺术家们开了一个狭小的边门，允许他们以卑怯侍从的身份躬身而入，去制造一点娱乐。历史老人凛然肃然,扭过头去,颤巍巍地重又迈向三皇五帝的宗谱。这里,不需要艺术闹出太大的局面,不需要对美有太深的寄托。

于是,九州的画风随之黯然。阳关,再也难于享用温醇的诗句。西出阳关的文人还是有的,只是大多成了谪官逐臣。

即便是土墩、是石城,也受不住这么多叹息的吹拂,阳关坍弛了,坍弛在一个民族的精神疆域中。它终成废墟,终成荒原。身后,沙坟如潮;身前,寒峰如浪。谁也不能想象,这儿,一千多年之前,曾经验证过人生的壮美,艺术情怀的弘广。

这儿应该有几声胡笳和羌笛的,音色极美,与自然浑和,夺人心魄。可惜它们后来都成了兵士们心头的哀音。既然一个民族都不忍听闻,它们也就消失在朔风之中。

回去罢,时间已经不早。怕还要下雪。

简评

西汉时期,汉武帝征服匈奴收复河西走廊后,做的第一件大事就是"列四郡,据两关",四郡就是酒泉、张掖、武威、敦煌,两关就是阳关、玉门关。从此,古丝绸之路到了敦煌,通过阳关、玉门关分南北两路,南道出阳关,走天山南麓,北道出玉门关,经天山北麓。阳关、玉门关就是中国最早的海关。阳关与玉门关构成一南一北两大边陲要塞。古人出敦煌赴西域,必经阳关或玉门关。阳关、玉门关扼守古丝绸之路千年,见证了丝绸之路的兴衰。时至今日,昔日的阳关早已荡然无存,于是"阳关耳目"的汉代烽燧遗址,耸立在土墩山上,让后人凭吊。

余秋雨先生的散文虽大多以景物为题名,但余秋雨先生善于用深邃的目光透过这些景物,把关注的焦点定位在这些自然景观背后所沉淀的文化内涵上,体现出一种俯仰天地古今的历史感和沧桑感,饱蘸着深切的民族和文化的忧患意识。文中，作者抓住了雪："除了茫茫一片雪白，什么也没有，连一个皱折也找不到。""没想到沙漠中的雪化得这样快，才片刻，地上已见斑斑沙底，却不见湿痕。"写到了阳关："不远的山峰上有荒落的土墩一座""近处的烽火台还在，这就是刚才在下面看到的土墩。土墩已坍了大半，可以看见一层层泥沙，一层层苇草，苇草飘扬出来，在千年之后的寒风中抖动。"又昂首遥望天宇："从未见过这样完整的天，一点儿也没有被吞食，边沿全是挺展展的，紧扎扎地把大地罩了个严实。"行文中还抒发了自己的感叹："在这样的天地中独个儿行走，侏儒也变成了巨人。在这样的天地中独个儿行走，巨人也变成了侏儒。"很明显，这些描写只是一个引子。因为纵观全篇，作者并没有将自己的感情抒发放在感叹天地的广大、自我的渺小上，而是将自己的思绪投影到历史的长河之中，他的思索是更高层次、更深层次的感慨。

从第十四段开始，作者开始了自己充满激情并富有灵性的思考。第十五段中提到的唐人风范实际上是作者对中国文化、中国文人的情感寄托：放得很远的目光，铺展得很广的人生道路，放达的步履，自信的神采。中国文化、中国文人在欧洲"艺术家们翻天覆地地闹腾了好一阵子，固执地要把微笑送进历史的魂魄"的好多年前就已经以这种姿态豪迈地存在了。可是，这种恬然的自信并没有"延续久远"。为什么？第十六段中作者是这样写的："长安的宫殿，只为艺术家们开了一个狭小的边门，允许他们以卑怯侍从的身份躬身而入，去制造一点娱乐。历史老人凛然肃然，扭过头去，颤巍巍地重又迈向三皇五帝的宗谱。"这句话会让人想起谁呢？对，李白！堂堂诗仙沦落为制造一点娱乐的卑怯侍从，"于是，九州的画风随之黯然。阳关，再也难于享用温醇的诗句。西出阳关的文人还是有的，只是大多成了谪官逐臣。""即便是土墩、是石城，也受不住这么多叹息的吹拂，阳关坍弛了，坍弛在一个民族的精神疆域中。它终成废墟，终成荒原。身后，沙坟如潮，身前，寒峰如浪。"

作者在这里婉转地写出了战争、写出了封建统治阶级对自信的风采的轻视，对本该傲立于世的中国文化的摧残。"阳关的风雪，竟愈见凄迷"，凄迷的何止是阳关的风雪，更是中华文化。中华文化，曾经壮美，曾经辉煌，却倒在了历史长河的大雪中。想想阿房宫、圆明园、莫高窟……战火、侵略、动乱带来了什么？读到这儿我们无疑会深刻地感受到中国文化所经历的苦难历程，中国文人所独有的悲剧性命运。这不禁促使我们反身自问：文明是什么？文化是什么？我们在哪里遗落？又怎样才能找回？

　　西出阳关的荒凉，扑面而来。作者凭借大气华丽的语句为我们挖掘了荒凉背后的辉煌，这是我们读余秋雨先生《阳关雪》的第一个收获。且不说历史上"西出阳关"，凝固了多少人的情感，演绎了多少人间的悲喜剧；现代人的地域观念，"阳关"已失去了它的本意，但是，王维的《渭城曲》在人们心头堆起的"西部情绪"是永恒的。"劝君更尽一杯酒，西出阳关无故人。"如果我们走在阳关的烟尘中，不管气候如何恶劣，王维是一定会和我们同行的。

　　阳关在古人笔墨下是无限温柔宁静、深入人心的，然其暗藏的竟是如此的波涛汹涌。当作者怀着崇敬与好奇的心灵去探索历史深深埋藏的那一页，不会想到恬润的阳光雪竟如此的寒风凛冽，古战场上毫无一点绿色的印迹，不见一丝生命的划痕。冬雪裹着黄沙，劲风埋藏了生灵，那些苍白的尸骸遗骨惊骇地裸露在永远阴沉的天地之中，随烟尘翻滚在荒漠，人们似乎早已遗忘了这里，好在凭空出现的土墩、沙地镌刻了它的过往，石碑上的"阳关古址"是它唯一的身份。

阳关雪

大

兴安岭深处

◇肖玉华

本文选自《光明日报》(1999-09-09,第7版),作者简历不详。

"高高的兴安岭,一片大森林……"好多年来,我是从50年代广为流传的这首鄂伦春民歌中认识大兴安岭的。今年7月,我有机会来到位于祖国最北端的额尔古纳河畔的大兴安岭深处林区——伊图里河和莫尔道嘎,看看这块神奇土地上发生的巨大变化,听听前所未闻的故事。

盛夏,正值今年华北地区气温高达零上40摄氏度的时候,伊图里河,这个四面环山的小镇,气温也就零上二十七八摄氏度,是一年中气温最高的时节,早晚出门要穿外衣。一条东西百余米的小街上,临街有十几家商店和杂货铺,无一家经销冰箱、空调,连电风扇都没有,不是这里的购买力低,而是用不着。当地人说:"瞧,这兴安岭是天然的空调机"。伊图里河,鄂温克语是清澈的河,位于大兴安岭西北坡,原始森林腹地,是我国最寒冷的地区,年平均气温–4℃;一年中,无霜期仅有62天。当我们从齐齐哈尔乘火车经过十几小时的行程,快到达伊图里河时,我趁火车转弯之机凭窗望去,这个林区小镇恰如唐朝诗人杜牧的诗中所说:"远上寒山石径斜,白云生处有人家。"列车行驶沿途,偶尔看到林地间有被开垦的土地,种植的也仅是土豆、大头菜等几种少得可怜的蔬菜,玉米、黄豆等大田作物种不了,因为这儿的无霜期太短。当初也有人试种过玉米,6月份播种,8月中旬就下霜,刚长出的玉米棒上只是稀稀拉拉地长出几个苞米粒,当地人叫它"瞎玉米"。

50年代,这里还是一望无际的莽莽原始森林,从事游猎的鄂伦春族人民在这里世世代代繁衍生息,过着"一呀一匹烈马,一呀一杆枪,獐狍野鹿打呀打不尽"的以狩猎为主的原始形态的生活。60年代初,从抗美援朝战场上撤下来的刚由志愿军改制的铁道部13工程局官兵,穿着褪了色的黄军装,迎着刺骨的寒风开进大兴安岭深处,历尽艰辛,修筑了这条通往伊图里河直至共和国最北端的火车站莫尔道嘎几百里长的铁路,使这片沉寂多少世纪的笼罩着神秘面纱的土地与外面世界有了沟通往来。有了火车站,有了林业局。建立了学校、商店、医院、邮局,来自祖国各地"南腔北调"的建设者以及北大、复旦、南开等高校的男女大学生们也投入这场开发、建设大兴安岭的难忘的战斗。

那天晚上，我坐在伊图里河铁路招待所的院子里，迎着从不远处白桦林里吹来的湿润、凉爽的习习晚风，倾听曾在伊图里河铁路分局教育处工作过的老韩讲述当年创业者经历的感人故事。他说：这一带冬季最低气温零下56℃，用"滴水成冰"来形容一点不过分，同时，是我国少见的长年冻土地带，即使在盛夏7月，到任何一个地势低洼地带，用铁锹往地下挖一锹头深，就会遇到带冰碴儿的冻土层。说到这儿，他笑了笑：我接待过来自北京和哈尔滨的作家，知道你们搞文学的讲求典型环境中的典型性格，听我说，这儿比保尔·柯察金当年修路的条件还要艰苦多少倍。就说吃、住、行吧，当年这里流传的顺口溜说："吃水靠麻袋、开门用脚踹、五黄六月吃干菜、火车不比牛车快"。因为这里是冻土地带，打不了井，吃水得到河泡子凿下冰块用麻袋背到木楞房里由大铁锅烧化做饭或饮用。"为啥开门用脚踹呢？"我问。他说：这儿的冬天经常是呼啸的暴风雪，常常把木楞房门封死，不用脚踹难以把门推开。一年四季，这里有3个季节是飘雪的日子，即使是夏天，运送不及时，也要以吃干菜度日。说到火车不比牛车快，那是因为在最寒冷的日子里，铁轨上有时结有一层薄薄的冰霜，上坡时，车轮与铁轨间，没有摩擦力，火车无法行驶。每当这时，司机及沿线员工只好带着抹布，用嘴一口一口哈气或用自己的体温一点一点地将凝结在铁轨上的薄冰融化、擦去，火车才能正常行驶……

在这罕见的恶劣自然条件下,人得以怎样的精神和毅力在这里生活啊!60年代从南开大学化学系毕业的谭玉春与从天津大学毕业的爱人一同来到这里,下了火车就走到四处漏风的木楞小学教书,晚上睡在楞房子里,睡觉要穿皮大衣、戴狐皮帽,女人也要这样,否则有冻伤的危险。如今,谭玉春夫妇已到退休年龄。他们一生把最美好的年华都献给祖国北疆的大兴安岭。原伊图里河铁路分局副局长贾万全1965年大连铁道学院毕业后与医学院毕业的妻子一起来到这里,一干就是33年。老贾对我说:其实,这些年来,有许多机会可以调到内地工作,可是,不知怎的,一动真格的,要走,还真舍不得这大森林和这里纯朴的人们。你说怪不怪?

第二天清晨,当薄雾还似洁白的轻纱在翠绿的山巅缭绕的时候,我们又乘3个小时的火车来到莫尔道嘎。莫尔道嘎,鄂伦春语:白桦林生长的地方。因为这里有块占地50余公顷的保存完好的我国最后一片寒温带明亮针叶原始森林。下了火车,我们便乘汽车径直前往。当我踏入古木参天、倒木横卧、一切都处于原始状态的这片森林时,感到一切都是那么新鲜,那么真切,那么容易使人产生无限遐想;我的脚下踩着无数个世纪以来形成的落叶、枯枝、苔藓等混杂宛若松软的地毯般的厚厚的植被,呼吸着大森林中没有一点污染的洁净透明的空气,真正领略到以往散文作品中所讲的"清新"。走着走着,陪同我们的莫尔道嘎林业局局长韩斌像是看出我们的心思，说：早些年，这一带的獐狍野鹿有的是，正如俗语所说："棒打獐子瓢舀鱼，野鸡飞到饭锅里。"现在不行了。这些年，自然生态破坏太厉害，这大兴安岭深处也就偶尔还能看见狍子，60年代还可见到的黑熊、野鹿已无影无踪了。所以，我们把这块原始林保护起来了，否则，后人连原始森林是啥样都不知道了。我们很赞赏他的这番话。后来在闲唠中得知，他是1964年从内蒙古林学院毕业的，在大兴安岭一干就是35年。

我们走出原始森林，乘车回到莫尔道嘎，已是入夜时分。多少年、多少代，在这深山沟里，每当擦黑，都是奶奶拨亮油灯给围拢过来的儿孙们讲述那一代又一代流传下来的瞎话（摸黑讲的民间故事）的时候。而今，展现我们面前的这个有八千名林业职工、三万人口的小镇，霓虹灯及各式彩灯在夜空中熠熠闪烁，都市里有的卡拉OK、桑拿、肥牛火锅这儿随处可见；具有现代气魄与装修的龙岩山宾馆、8层带电梯的林业局办公大楼、红尖房顶的职工医院、如同童话世界的幼儿园、100多座精美的城市雕塑……最为火爆的是市中心"大家乐"公园露天舞厅，随着"今天又是好日子"的欢快乐曲，汉、蒙、鄂伦春、俄罗斯各族青年及中老年男女翩翩起舞。谁能想象得到，这就是大兴安岭深处，这就是祖国北疆最寒冷的冻土地带。

简 评

　　《大兴安岭深处》像一个幽深的窗口,透过这个窗口我们就会看见,在大兴安岭深处,在白山黑水之间的这片黑土地上,额尔古纳河在欢快地流淌,大兴安岭显得那样郁郁葱葱。正如作者在文中所说:"而今,展现我们面前的这个有八千名林业职工、三万人口的小镇,霓虹灯及各式彩灯在夜空中熠熠闪烁,都市里有的卡拉OK、桑拿、肥牛火锅这儿随处可见;具有现代气魄与装修的龙岩山宾馆、8层带电梯的林业局办公大楼、红尖房顶的职工医院、如同童话世界的幼儿园、100多座精美的城市雕塑……最为火爆的是市中心'大家乐'公园露天舞厅,随着'今天又是好日子'的欢快乐曲,汉、蒙、鄂伦春、俄罗斯各族青年及中老年男女翩翩起舞。"

　　这一切来得谈何容易! 这一切是一代又一代建设者们用汗水浇灌出来的。

　　大兴安岭地区冬季漫长,气候寒冷,全年无霜期短。"吃水靠麻袋、开门用脚踹、五黄六月吃干菜"便是当时冬季严寒及夏季无蔬菜可吃艰苦生活的真实写照。正是为了改变这种状况,作者告诉我们:"60年代初,从抗美援朝战场上撤下来的刚由志愿军改制的铁道部13工程局官兵,穿着褪了色的黄军装,迎着刺骨的寒风开进大兴安岭深处,历尽艰辛,修筑了这条通往伊图里河直至共和国最北端的火车站莫尔道嘎几百里长的铁路,使这片沉寂多少世纪的笼罩着神秘面纱的土地与外面世界有了沟通往来。"大兴安岭林区的开发建设是极端艰苦的,但是林业开发者们的高昂的斗志、豪迈的激情和乐观主义精神,深深地打动着每一个关心大兴安岭开发建设的中国人。

　　在大兴安岭半个多世纪的开发建设中,广大林业开发者们不讲条件,不计报酬,不怕困难,不计较个人得失。尽管历尽艰辛和坎坷,他们至今仍然执著地、无怨无悔地生活在这片林海之中,扎根在大兴安岭林区,真是"绿了青山白了头,林海深处埋忠骨;献了青春献终身,献了终身献子孙",用鲜血和生命铸就了同甘苦、共命运,扎根边疆的无私奉献精神。特别是,在大兴安岭开发建设急需用人之际,先后有来自北京、上海、天津、南京、杭州等城市的几万名知识青年,怀着远大理想,带着满腔热情,投身于大兴安岭开发建设会战大军的行列中。他们在大兴安岭的原始密林深处,顶风雪,战严寒,洒热血,流大汗,用一生中最宝贵的青春年华,为祖国的绿色宝库——大兴安岭的开发建设,注入了新的生机和活力。他们置身于广大开发者之中,把聪明才智与人民群众的力量融为一体,任劳任怨,坚忍不拔,征服了许多难以想象的艰难困苦,把汗水、智慧融进了林区开发建设的伟大事业之中。"60年代从南开大学化学系毕业的谭玉春与从天津大学毕业的爱人一同来到这里,……如今,谭玉春夫妇已到退休年龄。他们一生把最美好的年华都献给祖国北疆的大兴安岭。"还有,"原伊图里河铁路分局副局长贾万全1965年大连铁道学院毕业后与医学院毕业的妻子一起来到这里,一干就是33年。"他们只是千千万万大兴安岭建设者的代表。大兴安岭深处最可宝贵的就是这里的人。大兴安岭地区的开发与发展离不开一代又一代大兴安岭人民的艰苦奋斗与无私奉献。

战天斗地的林区人民在创业中发展,在发展中探索,在探索中奋进,使莽莽林海从沉睡中觉醒,从荒凉走向繁荣;沉寂千年的林海从来没有像今天这样生机勃勃,八万里兴安从来没有像现在这样光艳夺目。

莫

扎特的造访

◇ 赵丽宏

真正的天堂是没有的,所谓天堂,都是梦想幻想或者是人工营造的情境。我曾经在一篇文章里把美妙的音乐比作天堂的声音,听者沉浸在这美妙的音乐中,就好像走到了天堂门口。音乐会把你的灵魂带进人间看不到的神奇世界,其中风光的旖旎和色彩的丰繁,任你怎么夸张地描绘也不会过分。当然,并不是所有的音乐都可以把你引进天堂,音乐家也有烦躁不安的时候,当音乐家把他的烦躁不安化为旋律时,这样的旋律带给你的也可能是烦躁和不安。所以我不可能喜欢一个音乐家的所有作品,包括伟大的贝多芬。但是,有一位音乐家例外,那便是莫扎特。莫扎特往往是漫不经心地站在我的面前,

本文选自赵丽宏著《莫扎特的造访》(福建教育出版社2002年版)。赵丽宏(1952—),上海崇明人。作家、散文家、诗人。主要作品有:诗集《珊瑚》《沉默的冬青》《抒情诗151首》等,散文集《生命草》《诗魂》《爱在人间》《岛人笔记》《人生韵味》《赵丽宏散文》等,报告文学集《心画》《牛顿传》等。

双手合抱在胸前，肩膀斜倚着一堵未经粉刷的砖墙，他微笑着凝视我们全家，把我们带进了他用光芒四射的音符建造的美妙天堂。

既然生活中有这样一个天堂，而且她离我们并不遥远，那么，为什么不经常到天堂里去游览一番呢，而且莫扎特无所不在。此刻，在我写这篇文章的时候，我家的音响中正播放着莫扎特的《第一钢琴协奏曲》。妻子在读一本画报，儿子在做功课，音乐对我们全家都没有妨碍，尤其是像莫扎特第一钢琴协奏曲这样的作品，我们三个人可以在音乐的伴奏下各自做自己的事情。

我曾经告诉儿子，莫扎特写这部作品的时候，大概是六岁。儿子睁大了眼睛，惊奇地问："真的？他是天才？"

"是的，是天才，他是上帝派到人间传播美妙音乐的天才。"我这样的回答儿子。

六岁的莫扎特，心里没有任何阴霾，没有忧伤和恐惧，只有对未来的幻想和憧憬，一切都明丽而鲜亮，莫扎特把童年时代的梦幻都倾吐在他的音乐中了。这样的音乐在客厅里幽幽地回荡，从钢琴上蹦跳出的音符，轻盈而圆润，犹如一滴滴清澈透明的雨珠，从冥冥的天空中落下来，在宁静的空气中闪烁飘荡，你看不见它们，接不住它们，却真切而优美地感觉到它们的存在，感觉到它们在轻轻地拨动你的心弦。美妙的旋律，仿佛是春天的微风从草地上拂过，闭上眼睛你就可以看见那些在微风中颤动的野花，还有在花瓣上滚动的露珠，小小的蝴蝶扇动着它们的彩色翅膀，从这片草叶上，飞到那片草叶上，终于在一朵金黄色的小花上停下来，微微喘息着，让湿润的风吹拂那对美丽的翅膀……

我问儿子，在莫扎特《第一钢琴协奏曲》的旋律中想到了什么，儿子说："看见一个金头发的孩子在弹琴，他坐在花园里，身边有很大的喷泉，喷出银色的水花，漫天飞舞。"妻子说："我看见一条小溪在绿色的山坡上流淌，小溪里都是五彩的石头。"儿子笑着总结："有喷泉，也有小溪，还有春天下雨时在树林里听到的声音。"

说完话，我们仍然自己做自己的事情，除了音乐，家里没有其他声音，然而世界上一切美丽的音响都在我们小小的家中回荡……有莫扎特的音乐陪伴着，家里是多么安静多么好，连阴郁的天气我们也能感受到阳光灿烂的情调。

当然，莫扎特绝不像有的人说的那样，他的旋律中永远是快乐和愉悦，仿佛除了欢乐，他没有其他情绪。这怎么可能！莫扎特毕竟不是不食人间烟火的神仙，生活的艰辛和人生的磨难不可避免地也会出现在他的音乐中，只是他从不号啕大哭，他永远用优美的声音来表达自己的感情，即便这感情充满了忧郁和哀伤。有一次，听莫扎特的《施塔德勒五重奏》，一支闲而出神入化的单簧管，在几把提琴的簇拥下，如泣如诉地吹出委婉迷人的旋律。这是莫扎特晚年的作品。儿子评论说："这段音乐，好像有点伤心。"

是的，孩子，你听出来了，是有些伤感。虽然和他的其他作品一样优美，但那种无可奈何的伤感情不自禁地从那些优美的旋律中流露出来。和他的第一钢琴协奏曲相比，这是完全不同的情绪，前者是孩童对世界美妙的期待，后者是一位饱经沧桑的艺术家发自心灵的叹息。都是莫扎特，都是那么清澈纯净，但反差是如此之大。这就是人生的印记，谁也无法超越它们。

"他为什么要写这首曲子?"儿子问我。我告诉他，有一个吹单簧管的音乐家，名字叫施塔德勒，是莫扎特的好朋友，莫扎特写这部作品，就是送给施塔德勒的。这是对友情的怀念和歌颂。"哦，莫扎特在想念他的朋友。"儿子自言自语。

人间的友情，难道就是这样蕴涵着深深的忧伤?

单簧管如同一个步履蹒跚的旅人，尽管疲倦劳顿，却依然保持着优雅的姿态。提琴们犹如一群白衣少女，在他身后翩翩起舞，少女们追随着他，他却只顾往前走，不紧不慢，和少女们保持着小小的距离，他们的脚步声汇合成和谐沉稳的节奏……在寒冷、饥饿的窘迫中，真挚高贵的友情是怎样一种色彩呢? 我在单簧管优雅而踉跄的步履中闭上眼睛，我看见了那个吹单簧管的音乐家，他忘情地吹着，陶醉在一颗高贵的心赠予他的友情的歌声里，温暖的烛光随着音乐的旋律在他的脸上晃动。烛光照射的范围是那么狭窄，听众们都在不远的黑暗之中。黑暗中，莫扎特站在人群的后面，他正像我想象的那样，斜倚在墙上，默默地听他的朋友把涌动在他心中的音符一节又一节地表达出来。在音乐的光芒中，他苍白的脸上显得那么焕然，他的眼睛里闪烁着晶莹的泪珠……美好的音乐不能改变惨淡的人生，然而它们却把无数奇妙的瞬间留在了能听懂这些音乐的灵魂中。哦，莫扎特，你的欢乐和忧伤都是人心中至美的诗篇，喧嚣的噪声永远无法淹没它们。在你的诗篇笼罩下，人心是可以沟通的，不管你是年老还是年轻，不管你说的是何种语言。

儿子刚生下来时，我就让他听音乐，我从我的并不丰富的音乐录音带中挑选了半天，选出的是莫扎特的一组钢琴曲。妻子说："行吗？给他听这样的音乐？"我说："为什么不行？莫扎特不是深不可测，难以接近的。你怀孕的时候，不是也常常听这样的音乐吗？儿子在你的肚子里时，已经听过了，他不会感到陌生。"妻子笑了。当时根本没有什么高级的音响设备，一个很简单的匣式录音机，放在摇篮边，把音量开得很轻。音乐就这样在出生不久的儿子耳边响起来。一个遥远的外国人，用亲切的口气，向我们的婴儿描绘起来。一个遥远的外国人，用亲切的口气，向我们的婴儿描绘着他的仙境一般梦幻……儿子安安静静地听着，眼睛睁得很大，望着天空，似乎想在空中找到那美妙旋律的影子。最有意思的是，每当他哭闹时，只要打开录音机，让莫扎特的旋律在他耳边响起来，他立即就会停止啼哭，变得十分安静。他的小手舞蹈般在空中挥动着，仿佛是想抓住飘荡在他耳边的那些奇妙的音乐。他常常是听着音乐安然入睡，莫扎特在轻轻地为他催眠……在蒙昧混沌的世界中，有这样的音乐渗入心灵，会怎么样呢，音乐会不会像种子，落在尚未耕耘过的心田中，悄悄地发芽长叶，开出清馨典雅的花朵？

我告诉儿子，莫扎特离开人世时，两袖清风，一无所有，他甚至没有为自己留下买一口棺材的钱。在风雪中，他被不认识的人埋葬在谁也不知道的地方。人们甚至无法在他的墓地上献上一朵小花。

"他为什么那么穷？"儿子的目光里饱含着困惑和不平。

"因为那时音乐不值钱。"我的回答无奈而黯然。

这时，我们的耳边充满了莫扎特的音乐，是他的最后一部交响乐《第四十一交响曲》。那是蓝色的海水，平静地冲洗着沙滩，那是人心和天籁的融和，是超越时空的预言，是不死的灵魂在呼唤，天地间回响着那永恒的潮汐，无穷无尽……

"钱算什么！"儿子突然喊道，"钱会烂掉，音乐活在人的心里！"

我和妻子相视一笑。在音乐的流水声中，我们狭小的屋子变得无比宽阔，所有的墙壁都消失了，可以看到最遥远的风景。莫扎特像一个目光平和的天使，在我们的前方翩翩地飘行。我们幻想中所有美丽的地方，他都能引导我们抵达……

简 评

　　著名作家赵丽宏先生总共有十余篇作品收入中国和新加坡语文教材，是作品收入教材最多的当代作家。生活中的赵丽宏，喜欢听音乐，喜欢欣赏绘画、雕塑、建筑……他写过两本关于音乐的随笔《莫扎特的造访》和《无言的回旋》。他说，用一颗自由的心去聆听音乐，音乐会在心灵中溅起晶莹的浪花；能用自己的文字倾吐对音乐的感想，对一个写作者来说，是一种快乐。作者"把美妙的音乐比作天堂的声音"。热爱音乐吧，天堂离我们就很近了。

　　莫扎特的音乐一个最突出的特色就是在智慧闪烁中实现对美的追求。英国评论家、作曲家塞西尔·格雷批评勃拉姆斯时曾说过："勃拉姆斯对古典精神的实质抱着完全错误的见解，对于如何获得古典精神这一点当然也是见解错误的。古典艺术并不古板；古典艺术的精神主要是重视感官，对事物的外表采取欣然接受的态度。莫扎特在整个音乐史中也许是唯一真正的古典作家，他就是一个与禁欲主义者皆然相反的人。没有一个作曲家像他那样为了声音而关心声音的，就是说，他追求纯粹属于声音的美。但一切伟大的古典艺术都是这样。"可能本文作者关注到莫扎特的正是这一点，所以他说："儿子刚生下来时，我就让他听音乐，我从我的并不丰富的音乐录音带中挑选了半天，选出的是莫扎特的一组钢琴曲。妻子说：'行吗？给他听这样的音乐？'我说：'为什么不行？莫扎特不是深不可测，难以接近的。你怀孕的时候，不是也常常听这样的音乐吗？儿子在你的肚子里时，已经听过了，他不会感到陌生。'"本文想象奇特，笔法凝练——有莫扎特的音乐陪伴着，一个三口之家是多么安静、多么美好；让人感动的是，一个遥远的外国人用亲切的口气，向婴儿描绘着他的仙境一般的梦幻，婴儿被打动了，这便是音乐的魅力。贯穿全文的一条情感的线索是通过"我"与"儿子"的答问，叙述了作者全家对莫扎特作品的痴迷与陶醉，也揭示了音乐家与社会之间的矛盾和冲突，并从中提炼出哲学的思辨："钱会烂掉，音乐活在人的心里。"文章大量采用比喻和拟人的修辞，生动形象地写出旋律给人的美妙感受；运用联想和想象，把听觉转化为视觉，将抽象的音乐描写得具体可感。这是一种令人欣慰的感受。

儿子起初为莫扎特两袖清风、一无所有感到困惑和不平，但在莫扎特音乐的感染下，他突然意识到金钱并不算什么，音乐才是永恒的。在莫扎特的音乐中，儿子完成了一次精神成长中的飞跃。文中表达了作者对莫扎特的感谢之情。感谢莫扎特的音乐作品给人带来了享受和感悟，感谢莫扎特的人生态度给人带来了思考和启迪。通过儿子的成长，作者要告诉人们的是：人与自然要相融合，人与人要和谐相处，心胸要开阔（或"心灵要净化"），要追寻美好人生等。莫扎特在作者的笔下、在作者的心中是永恒的。

在人类艺术史上，莫扎特是独一无二的音乐大师。刘小枫先生在谈到西方音乐时说：莫扎特在欧洲文化史上占有突出的位置，不仅音乐创作史如此——柴可夫斯基和马勒都把他奉若神明，思想史上的影响同样如此。有人说，莫扎特的音乐灵感简直是一个取之不竭、用之不尽的源泉，随时随地都有甘泉飞涌，飞涌的方式又那么自然，安详，轻快，妩媚。没有一个作曲家的音乐比莫扎特的更近于"天籁"了。赵丽宏先生《莫扎特的造访》或许正是出于对莫扎特这样的理解。

钓

台的春昼

◇
郁
达
夫

因为近在咫尺，以为什么时候要去就可以去，我们对于本乡本土的名区胜景，反而往往没有机会去玩，或不容易下一个决心去玩的。正唯其是如此，我对于富春江上的严陵，二十年来，心里虽每在记着，但脚却没有向这一方面走过。一九三一，岁在辛未，暮春三月，春服未成，而中央党帝，似乎又想玩一个秦始皇所玩过的把戏了，我接到了警告，就仓皇离去了寓居。先在江浙附近的穷乡里游息了几天，偶尔看见了一家扫墓的行舟，乡愁一动，就定下了归计。绕了一个大弯，赶到故乡，却正好还在清明寒食的节前。和家人等去上了几处坟，与许久不曾见过面的亲戚朋友，来往热闹了几天，一种乡居的倦怠，忽而

本文选自郁达夫著《屐痕处处》（生活·读书·新知三联书店2014年版）。郁达夫（1896—1945），原名郁文，字达夫。浙江富阳人。中国现代著名小说家、散文家、诗人。主要作品：有小说《沉沦》《春风沉醉的晚上》《迷羊》等，散文集《屐痕处处》《达夫游记》《闲书》《达夫散文集》等。

袭上心来了,于是乎我就决心上钓台访一访严子陵的幽居。

钓台去桐庐县城二十余里,桐庐去富阳县治九十里不足,自富阳溯江而上,坐小火轮三小时可达桐庐,再上则须坐帆船了。

我去的那一天,记得是阴晴欲雨的养花天,并且系坐晚班轮去的,船到桐庐,已经是灯火微明的黄昏时候了,不得已就只得在码头近边的一家旅馆的高楼上借了一宵宿。

桐庐县城,大约有三里路长,三千多烟灶,一二万居民,地在富春江西北岸,从前是皖浙交通的要道,现在杭江铁路一开,似乎没有一二十年前的繁华热闹了。尤其要使旅客感到萧条的,却是桐君山脚下的那一队花船的失去了踪影。说起桐君山,原是桐庐县的一个接近城市的灵山胜地,山虽不高,但因有仙,自然是灵了。以形势来论,这桐君山,也的确是可以产生出许多口音生硬、别具风韵的桐严嫂来的生龙活脉,地处在桐溪东岸,正当桐溪和富春江合流之所,依依一水,西岸便瞰视着桐庐县市的人家烟树。南面对江,便是十里长洲;唐诗人方干的故居,就在这十里桐洲九里花的花田深处。向西越过桐庐县城,更遥遥对着一排高低不定的青峦,这就是富春山的山子山孙了。东北面山下,是一片桑麻沃地,有一条长蛇似的官道,隐而复现,出没盘曲在桃花杨柳洋槐榆树的中间,绕过一座小岭,便是富阳县的境界,大约去程明道的墓地程坟,总也不过一二十里地的间隔。我去拜谒桐君，瞻仰道观，就在那一天到桐庐的晚上，是淡云微月，正在作雨的时候。

鱼梁渡头，因为夜渡无人，渡船停在东岸的相君山下。我从旅馆踱了出来，先在离轮埠不远的渡口停立了几分钟，后来向一位来渡口洗夜饭米的年轻少妇，躬身请问了一回，才得到了渡江的秘诀。她说："你只须高喊两三声，船自会来的。"先谢了她教我的好意，然后以两手围成了播音的喇叭，"喂，喂，渡船请摇过来！"地纵声一喊，果然在半江的黑影当中，船身摇动了。渐摇渐近，五分钟后，我在渡口，却终于听出了咿呀柔橹的声音。时间似乎已经入了酉时的下刻，小市里的群动，这时候都已经静息，自从渡口的那位少妇，在微茫的夜色里，藏去了她那张白团团的面影之后，我独立在江边，不知不觉心里头却兀自感到了一种他乡日暮的悲哀。渡船到岸，船头上起了几声微微的水浪清音，又铜东的一响，我早已跳上了船，渡船也已经掉过头来了。坐在黑影沉沉的舱里，我起先只在静听着柔橹划水的声音，然后却在黑影里看出了一星船家在吸着的长烟管头上的烟火，最后因为被沉默压迫不过，我只好开口说话了："船家！你这样的渡我过去，该给你几个船钱？"我问。"随你先生把几个就是。"船家的说话冗慢幽长，似乎已经带着些睡意了，我就向袋里摸出了两角钱来。"这两角钱，就算是我的渡船钱，请你候我一会，上去烧一次夜香，我是依旧要渡过江来的。"船家的回答，只是嗯嗯唔唔，幽幽同牛叫似的一种鼻音，然而从继这鼻音而起的两三声轻快的喀声听来,他却已经在感到满足了,因为我也知道,乡间的义渡,船钱最多也不过是两三枚铜子而已。

到了桐君山下,在山影和树影交掩着的崎岖道上,我上岸走不上几步,就被一块乱石绊倒,滑跌了一次。船家似乎也动了恻隐之心了,一句话也不发,跑将上来,他却突然交给了我一盒火柴。我于感谢了一番他的盛意之后,重整步武,再摸上山去,先是必须点一枚火柴走三五步路的,但到得半山,路既就了规律,而微云堆里的半规月色,也朦胧地现出一痕银线来了,所以手里还存着的半盒火柴,就被我藏入了袋里。路是从山的西北,盘曲而上,渐走渐高,半山一到,天也开朗了一点,桐庐县市上的灯火,也星星可数了。更纵目向江心望去,富春江两岸的船上和桐溪合流口停泊着的船尾船头,也看得出一点一点的火来。走过半山,桐君观里的晚祷钟鼓,似乎还没有息尽,耳朵里仿佛听见了几丝木鱼钲铙的残声。走上山顶,先在半途遇着了一道道观外围的女墙,这女墙的栅门,却已经掩上了。在栅门外徘徊了一刻,觉得已经到了此门而不进去,终于是不能满足我这一次暗夜冒险的好奇怪僻的。所以细想了几次,还是决心进去,非进去不可,轻轻用手往里面一推,栅门却呀的一声,早已退向了后方开开了,这门原来是虚掩在那里的。进了栅门,踏着为淡月所映照的石砌平路,向东向南地前走了五六十步,居然走到了道观的大门之外,这两扇朱红漆的大门,不消说是紧闭在那里的。到了此地，我却不想再破门进去了，因为这大门是朝南向着大江开的，门外头是一条一丈来宽的石砌步道，步道的一旁是道观的墙，一旁便是山坡，靠山坡的一面，并且还有一道二尺来高的石墙筑在那里，大约是代替栏杆，防人倾跌下山去的用意，石墙之上，铺的是二三尺宽的青石，在这似石栏又似石凳的墙上，尽可以坐卧游息，饱看桐江和对岸的风景，就是在这里坐他一晚，也很可以，我又何必去打开门来，惊起那些老道的恶梦呢？

空旷的天空里，流涨着的只是些灰白的云，云层缺处，原也看得出半角的天，和一点两点的星，但看起来最饶风趣的，却仍是欲藏还露，将见仍无的那半规月影。这时候江面上似乎起了风，云脚的迁移，更来得迅速了，而低头向江心一看，几多散乱着的船里的灯光，也忽明忽灭地变换了一变换位置。

这道观大门外的景色，真神奇极了。我当十几年前，在放浪的游程里，曾向瓜州京口一带，消磨过不少的时日。那时觉得果然名不虚传的，确是甘露寺外的江山，而现在到了桐庐，昏夜上这桐君山来一看，又觉得这江山的秀而且静，风景的整而不散，却非那天下第一江山的北固山所可与比拟的了。真也难怪得严子陵，难怪得戴征士，倘使我若能在这样的地方结屋读书，颐养天年，那还要什么的高官厚禄，还要什么的浮名虚誉哩？一个人在这桐君观前的石凳上，看看山，看看水，看看城中的灯火和天上的星云，更做做浩无边际的无聊的幻梦，我竟忘记了时刻,忘记了自身,直等到隔江的击柝声传来,向西一看,忽而觉得城中的灯影微茫地灭了,才跑也似地走下了山来,渡江奔回了客舍。

第二日侵晨,觉得昨天在桐君观前做过的残梦正还没有续完的时候,窗外面忽而传来了一阵吹角的声音。好梦虽被打破,但因这同吹筚篥似的商音哀咽,却很含着些荒凉的古意,并且晓风残月,杨柳岸边,也正好候船待发,上严陵去;所以心里纵怀着了些儿怨恨,但脸上却只现出了一痕微笑,起来梳洗更衣,叫茶房去雇船去。雇好了一只双桨的渔舟,买就了些酒菜鱼米,就在旅馆前面的码头上上了船,轻轻向江心摇出去的时候,东方的云幕中间,已现出了几丝红晕,有八点多钟了。舟师急得厉害,只在埋怨旅馆的茶房,为什么昨晚上不预先告诉,好早一点出发。因为此去就是七里滩头,无风七里,有风七十里,上钓台去玩一趟回来,路程虽则有限,但这几日风雨无常,说不定要走夜路,才回来得了的。

过了桐庐,江心狭窄,浅滩果然多起来了。路上遇着的来往的行舟,数目也是很少,因为早晨吹的角,就是往建德去的快班船的信号,快班船一开,来往于两埠之间的船就不十分多了。两岸全是青青的山,中间是一条清浅的水,有时候过一个沙洲。洲上的桃花菜花,还有许多不晓得名字的白色的花,正在喧闹着春暮,吸引着蜂蝶。我在船头上一口一口地喝着严东关的药酒,指东话西地问着船家,这是什么山?那是什么港?惊叹了半天,称颂了半天,人也觉得倦了，不晓得什么时候，身子却走上了一家水边的酒楼，在和数年不见的几位已经做了党官的朋友高谈阔论。谈论之余，还背诵了一首两三年前曾在同一的情形之下做成的歪诗：

> 不是尊前爱惜身，伴狂难免假成真，
> 曾因酒醉鞭名马，生怕情多累美人。
> 劫数东南天作孽，鸡鸣风雨海扬尘。
> 悲歌痛哭终何补，义士纷纷说帝秦。

直到盛筵将散，我酒也不想再喝了，和几位朋友闹得心里各自难堪，连对旁边坐着的两位陪酒的名花都不愿意开口。正在这上下不得的苦闷关头，船家却大声地叫了起来说："先生，罗芷过了，钓台就在前面，你醒醒吧，好上山去烧饭吃去。"擦擦眼睛，整了一整衣服，抬起头来一看，四面的水光山色又忽而变了样子了。清清的一条浅水，比前又窄了几分，四围的山包得格外的紧了，仿佛是前无去路的样子。并且山容峻峭，看去觉得格外的瘦格外的高。向天上地下四围看看，只寂寂地看不见一个人类。双桨的摇响，到此似乎也不敢放肆了，钩的一声过后，要好半天才来一个幽幽的口响，静，静，静，身边水上，山下岩头，只沉浸着太古的静，死灭的静，山峡里连飞鸟的影子也看不见半只。前面的所谓钓台山上，只看得见两大个石垒，一间歪斜的亭子，许多纵横芜杂的草木。山腰里的那座祠堂，也只露着些废垣残瓦，屋上面连炊烟都没有一丝半缕，像是好久没有人

钓台的春昼

135

住了的样子。并且天气又来得阴森,早晨曾经露一
露脸过的太阳,这时候早已深藏在云堆里了,余下来
的只是时有时无从侧面吹来的阴飕飕的半箭儿山
风。船靠了山脚,跟着前面背着酒菜鱼米的船夫走
上严先生祠堂去的时候,我心里真有点害怕,怕在这
荒山里要遇见一个干枯苍老得同丝瓜筋似的严先生
的鬼魂。

　　在祠堂西院的客厅里坐定,和严先生的不知第
几代的裔孙谈了几句关于年岁水旱的话后,我的心
跳也渐渐儿地镇静下去了,嘱托了他以煮饭烧菜的
杂务,我和船家就从断碑乱石中间爬上了钓台。

　　东西两石垒,高各有二三百尺,离江面约两里来
远,东西台相去,只有一二百步,但其间却夹着一条
深谷。立在东台,可以看得出罗苎的人家,回头展望
来路,风景似乎散漫一点,而一上谢氏的西台,向西
望去,则幽谷里的清景,却绝对的不像是在人间了。
我虽则没有到过瑞士,但到了西台,朝西一看,立时
就想起了曾在照片上看见过的威廉退尔的祠堂。这
四山的幽静,这江水的青蓝,简直同在画片上的珂罗
版色彩,一色也没有两样,所不同的,就是在这儿的
变化更多一点,周围的环境更芜杂不整齐一点而已,
但这却是好处,这正是足以代表东方民族性的颓废
荒凉的美。

　　从钓台下来,回到严先生的祠堂——记得这是
洪杨以后严州知府戴槃重建的祠堂——西院里饱啖
了一顿酒肉,我觉得有点酩酊微醉了。手拿着以火

柴柄制成的牙签,走到东面供着严先生神像的龛前,向四面的破壁上一看,翠墨淋漓,题在那里的,竟多是些俗而不雅的过路离官的手笔。最后到了南面的一块白墙头上,在离屋檐不远的一角高处,却看到了我们的一位新近去世的同乡夏灵峰先生的四句似邵尧夫而又略带感慨的诗句。夏灵峰先生虽则只知崇古,不善处今,但是五十年来,像他那样的顽固自尊的亡清遗老,也的确是没有第二个人。比较起现在的那些官迷财迷的南满尚书和东洋宦婢来,他的经术言行,姑且不必去论它,就是以骨头来称称,我想也要比什么罗三郎郑太郎辈,重到好几百倍。慕贤的心一动,醺人的臭技自然是难熬了,堆起了几张桌椅,借得了一支破笔,我也在高墙上在夏灵峰先生的脚后放上了一个陈屁,就是在船舱的梦里,也曾微吟过的那一首歪诗。

从墙头上跳将下来,又向龛前天井去走了一圈,觉得酒后的喉咙,有点渴痒了,所以就又走回到了西院,静坐着喝了两碗清茶。在这四大无声,只听见我自己的啾啾喝水的舌音冲击到那座破院的败壁上去的寂静中间,同惊雷似的一响,院后的竹园里却忽而飞出了一声闲长而又有节奏似的鸡啼的声来。同时在门外面歇着的船家,也走进了院门,高声地对我说:"先生,我们回去吧,已经是吃点心的时候了,你不听见那只公鸡在后山啼么? 我们回去吧!"

简评

1921年，郁达夫先生与同为留日学生的郭沫若、成仿吾、张资平、郑伯奇组创文学团体"创造社"；同年，开始小说创作；10月15日，他的首部短篇小说集，亦是中国现代文学史上第一部白话短篇小说集《沉沦》出版，轰动国内文坛。郁达夫先生的散文和小说一样有名。郁达夫先生前期的散文主要写人生的旅途，表现社会问题，有很强的感伤色彩，偏重于抒发个人的孤独苦闷；后期的散文则主要是旅行游记，寄情山水，情调也一变而为闲适开朗。

1931年初，国民党加剧了对左翼文艺运动的文化围剿，"左联五烈士"被秘密杀害之后，郁达夫先生受到"中央帝党"（国民党）的通缉，避居故乡富春江，所谓"乡愁一动"，加上"乡居的倦怠"决心上钓台访严子陵故居，回忆旧游、感怀时政而作《钓台的春昼》一文。文章以游踪为线索，用写意、抒情之笔，在寄情山水中，透露出身处社会动荡年代的一缕忧思，并以对国民党——"中央帝党"的愤慨和对"文化高压"的不屑贯穿全篇，表现了作者真挚的爱国主义精神和革命民主主义思想。

作者当时自富阳溯江而上，由富阳至桐庐县城，在桐庐停留时，夜游桐君山，在山上道观前为秀美的景色所感染，次晨乘渔舟至钓台，感受到钓台幽静的氛围和意境，从钓台下来，回到严子陵祠堂，因壁上夏灵峰题诗而发感慨，将来时舟中梦吟过的诗句也写在墙上，最后，在船家的高声催促下离开严子陵祠堂。全文可分为两大部分，第一部分写了桐君山春夜，第二部分写了钓台的春昼。叙写琐屑小事只是一种手段，用意在于抒发内心深处身处社会动荡年代的一缕忧思。具体说来：

第一部分写桐君山春夜。作者避难上海，辗转回到家乡，夜访桐君山的顺序为：离沪回乡缘由，桐庐及其地理概貌，渡江，夜上桐君山，道外夜景，议论等；文中的描写文字概括为三节：渡江、上山、观景。

渡江中有寄寓。先写见得一洗夜饭米的少妇，少妇说"你只须高喊两三声，船自会来的。"再写少妇"在微茫的夜色里，藏去了她那张白团团的面影之后，我独立在江边，不知不觉心里头却兀自感到了一种他乡日暮的悲哀。"这几句可视为郁达夫式的多情、泛情、留情、伤情，顽强地流露于字里行间。"白团团"有一种性感的白与夜景的黯的对比，写出了他乡遇美人的迟暮乡关情调，但作者把这情写得淡淡的，恰印出心中淡化了情欲的"迟桂花"式的写作特征。"船家的说话冗慢幽长，似乎已经带着些睡意了""船家的回答，只是嗯嗯唔唔，幽幽同牛叫似的一种鼻音"，都写出渡江的幽意与日暮，为后文上山的静、闲、雅、远的情调作了氛围上的渲染。

上山一节，作者先写一上山就"绊倒"，再写船家送火柴、点火柴摸索上山，写出其行的盲目性。再写上得半山，见到城里的灯火"也星星可数"了，江门上也看得出"一点一点的火"，把这黑、静与远方的明、动做了一个对比，见出这山的静、远的趣味。接着写其在道观女墙前的"徘徊"，写出其行探奇的欲望。最后写到大门而不入，因为石墙上可饱看桐江夜景，导出下文的观景；文行至此，又起波澜。

观景一节，从天空的"最饶风趣"写到江面的景色，衬写出地上的美静与整感，天地如此秀美静整，作者的性情就自然涌出来了："真也难怪得严子陵，难怪得戴征士……还要什么的高官厚禄哩？"天饶有趣地更精美，先贤雅兴在此，于是本来的清奇性情陶醉得可以如梦："看看山，看看水，……我竟忘记了时间，忘记了自身。"写到这里，夜游桐君山的描写在抒情中达到高潮。

第二部分写钓台的春昼。主要写了行船、做梦、登台、议论，重点在昼梦、登台与议论。这里开始触及时弊，表现出作家面对肮脏现实的不满。行船过程中还写了两岸的景色之美：两岸的青山，清浅的河水，河上的沙洲，洲上的桃花菜花以及不知名的白花，"正在喧闹着春暮，吸引着蜂蝶。"作者边喝酒,边问船家何山何水,边看边惊叹边称颂,不觉就和着酒和着春色醉了,写了一个诵诗的昼梦。昼梦的中心是在水边酒楼上与友人买醉的诵诗。

这首诗揭示了《钓台的春昼》的主题,全诗直指纷乱世事,把诗人多种"欲说还休"的复杂情感融为一体,起到了画龙点睛的作用,深深地留在读者的记忆中。接着,从钓台下来,饱餐一顿后"酩酊微醉"的作者,见得祠堂处处可睹的"翠墨淋漓"式的过往俗官的题墨,甚是反感,转头看到夏灵峰先生的四句题诗,意气大发,大大地称赞了一番。这一番浊中见清的议论,虽是在严子陵祠前对夏先生的评论,实际上也是郁达夫借他人的酒杯浇自己胸中的块垒,以自己崇尚的清流来抨击时政的昏暗与士人的腐败以及知识分子的猥琐,加之"就是在船舱的梦里,也曾微吟过的那一首歪诗",更是对《钓台的春昼》主题衬托,以及作者心灵世界的坦陈。

忆

白石老人

◇艾青

一九四九年我进北京城不久，就打听白石老人的情况，知道他还健在，我就想看望这位老画家。我约了沙可夫和江丰两个朋友，由李可染先生陪同去看他，他住在西城跨车胡同十三号。进门的小房间住了一个小老头子，没有胡子，后来听说是清皇室的一名小太监，给他看门的。

当时，我们三个人都是北京军事管制委员会的文化接管委员，穿的是军装，臂上戴臂章，三个人去看他，难免要使老人感到奇怪。经李可染介绍，他接待了我们。我马上向前说："我在十八岁的时候，看了老先生的四张册页，印象很深，多年都没有机会见到你，今天特意来拜访。"

本文选自艾青著《艾青说：诗意人生》（中国青年出版社2007年版）。艾青（1910—1996），原名蒋海澄，笔名：艾青、莪加、克阿等。浙江金华人。现代文学家、诗人。主要作品有：诗集《北风》《大堰河》《火把》《黎明的通知》《欢呼集》《宝石的红星》《春天》等，论文集《诗论》《论诗》《新诗论》等。

他问:"你在哪儿看到我的画?"

我说:"一九二八年,已经二十一年了,在杭州西湖艺术院。"

他问:"谁是艺术院院长?"

我说:"林风眠。"

他说:"他喜欢我的画。"

这样他才知道来访者是艺术界的人,亲近多了,马上叫护士研墨,带上袖子,拿出几张纸给我们画画。他送了我们三个人每人一张水墨画,两尺琴条。给我画的是四只虾,半透明的,上画有两条小鱼。题款:

"艾青先生雅正八十九岁白石",印章"白石翁",另一方"吾所能者乐事"。

我们真高兴,带着感激的心情和他告别了。

我当时是接管中央美术学院的军代表。听说白石老人是教授,每月到学校一次,画一张画给学生看,作示范表演。有学生提出要把他的工资停掉。

我说:"这样的老画家,每月来一次画一张画,就是很大的贡献。日本人来,他没有饿死,国民党来,也没有饿死,共产党来,怎么能把他饿死呢?"何况美院院长徐悲鸿非常看重他,收藏了不少他的画,这样的提案当然不会采纳。

老人一生都很勤奋,木工出身,学雕花,后来学画。他已画了半个多世纪了,技巧精练,而他又是个爱创新的人,画的题材很广泛:山水、人物、花鸟虫鱼。没有看见他临摹别人的。他具有敏锐的观察力,记忆力特别强,能准确地捕捉形象。他有一双显微镜的眼睛,早年画的昆虫,纤毫毕露,我看见他画的飞蛾,伏在地上,满身白粉,头上有两瓣触须;他画的蜜蜂,翅膀好像有嗡嗡的声音;画知了、蜻蜓的翅膀像薄纱一样;他画的蚱蜢,大红大绿,很像后期印象派的油画。

他画鸡冠花,也画牡丹,但他和人家的画法不一样,大红花,笔触很粗,叶子用黑墨只几点;他画丝瓜、窝瓜;特别爱画葫芦;他爱画残荷,看看很乱,但很有气势。

有一张他画的向日葵。题:

"齐白石居京师第八年画",印章"木居士"。题诗:

"茅檐矮矮长葵齐,雨打风摇损叶稀。干旱犹思晴畅好,倾心应向日东西。白石山翁灯昏。又题"。印章"白石翁"。

有一张柿子,粗枝大叶,果实赭红,写"杏子坞老民居京华第十一年矣丁卯",印章"木人"。

他也画山水,没有见他画重峦叠嶂。多是平日容易见到的。他一张山水画上题:

"予用自家笔墨写山水,然人皆余为糊涂,吾亦以为然。白石山翁并题"。印章"白石山翁"。

后在画的空白处写"此幅无年月,是予二十年前所作者,今再题。八十八白石",印章"齐大"。

事实是他不愿画人家画过的。

我在上海朵云轩买了一张他画的一片小松林,

二尺的水墨画,我拿到和平书店给许麟庐看,许以为是假的,我要他一同到白石老人家,挂起来给白石老人看。我说:"这画是我从上海买的,他说是假的,我说是真的,你看看……"他看了之后说:"这个画人家画不出来的。"署名齐白石,印章是"白石翁"。

我又买了一张八尺的大画,画的是没有叶子的松树,结了松果,上面题了一首诗:"松针已尽虫犹瘦,松子余年绿似苔。安得老天怜此树,雨风雷电一齐来。阿爷尝语,先朝庚午夏,星塘老屋一带之松,为虫食其叶。一日,大风雨雷电,虫尽灭绝。丁巳以来,借山馆后之松,虫食欲枯。安得庚午之雷雨不可得矣。辛酉春正月画此并题记之。三百石印富翁五过都门",下有八字:"安得之安字本欲字"。印章"白石翁"。

他看了之后竟说:"这是张假画。"

我却笑着说:"这是昨天晚上我一夜把它赶出来的。"他知道骗不了我,就说:"我拿两张画换你这张画。"我说:"你就拿二十张画给我,我也不换。"他知道这是对他画的赞赏。

这张画是他七十多岁时的作品。他拿了放大镜很仔细地看了说:"我年轻时画画多么用心呵。"

一张画了九只麻雀在乱飞。诗题:

"叶落见藤乱,天寒入鸟音。老夫诗欲呜,风急吹衣襟。枯藤寒雀从未有,既作新画,又作新诗。借山老人非懒辈也。观画者老何郎也"。印章"齐大"。看完画,他问我:"老何郎是谁呀?"

我说："我正想问你呢。"他说："我记不起来了。"这张画是他早年画的,有一颗大印"甑屋"。

我曾多次见他画小鸡,毛茸茸,很可爱;也见过他画的鱼鹰,水是绿的,钻进水里的,很生动。

他对自己的艺术是很欣赏的,有一次,他正在画虾,用笔在纸上画了一根长长的头发粗细的须,一边对我说："我这么老了,还能画这样的线。"

他挂了三张画给我看,问我："你说哪一张好?"我问他："这是干什么?"他说："你懂得。"

我曾多次陪外宾去访问他,有一次,他很不高兴,我问他为什么,他说外宾看了他的画没有称赞他。我说："他称赞了,你听不懂。"他说他要的是外宾伸出大拇指来。他多天真!

他九十三岁时,国务院给他做寿,拍了电影,他和周恩来总理照了相,他很高兴。第二天画了几张画作为答谢的礼物,用红纸签署,亲自送到几个有关的人家里。送我的一张两尺长的彩色画,画的是一筐荔枝和一枝枇杷,这是他送我的第二张画,上面题：

"艾青先生,齐璜白石九十三岁",印章"齐大",另外在下面的一角有一方大的印章"人犹有所憾"。

他原来的润格,普通的画每尺四元,我以十元一尺买他的画,工笔草虫、山水、人物加倍,每次都请他到饭馆吃一顿,然后用车送他回家。他爱吃对虾,据说最多能吃六只。他的胃特别强,花生米只一咬成两瓣,再一咬就往下咽,他不吸烟,每顿能喝一两杯白酒。

一天，我收到他给毛主席刻的两方印子，阴文阳文都是毛泽东（他不知毛主席的号叫润之）。我把印子请毛主席的秘书转交。毛主席为报答宴请他一次，由郭沫若作陪。

他所收的门生很多，据说连梅兰芳也跪着磕过头，其中最出色的要算李可染。李原在西湖艺术院学画，素描基础很好，抗战期间画过几个战士被日军钉死在墙上的画。李在美院当教授，拜白石老人为师。李有一张画，一头躺着的水牛，牛背脊梁骨用一笔下来，气势很好；一个小孩赤着背，手持鸟笼，笼中小鸟在叫，牛转过头来听叫声……

白石老人看了一张画，题了字：

"心思手作不愧乾嘉间以后继起高手。八十七岁白石甲亥"。印章"白石题跋"。

一天，我去看他，他拿了一张纸条问我："这是个什么人哪，诗写得不坏，出口能成腔。"我接过来一看是柳亚子写的。诗里大意说："你比我大十二岁，应该是我的老师"。我感到很惊奇地说："你连柳亚子也不认得，他是中央人民政府的委员。"他说："我两耳不闻天下事，连这么个大人物也不知道。"感到有些愧色。

我在给他看门的太监那儿买了一张小横幅的字，写着："家山杏子坞，闲行日将夕。忽忘还家路，依着牛蹄迹。"印章"阿芝"，另一印"吾年八十乙矣"。我特别喜欢他的诗，生活气息浓，有一种朴素的美。早年，有人说他写的诗是薛蟠体，实在不公平。

我有几次去看他，都是李可染陪着，这一次听说他搬到一个女弟子家——是一个起义的将领家。他见到李可染忽然问："你贵姓?"李可染马上知道他不高兴了，就说："我最近忙，没有来看老师。"他转身对我说："艾青先生，解放初期，承蒙不弃，以为我是能画几笔的……"李可染马上说："艾先生最近出国，没有来看老师。"他才平息了怨怒。他说最近有人从香港来，要他到香港去。我说："你到香港去干什么？那儿许多人是从大陆逃亡的……你到香港，半路上死了怎么办？"他说："香港来人，要了我的亲笔写的润格，说我可以到香港卖画。"他不知道有人骗去他的润格，到香港去卖假画。

不久，他就搬回跨车胡同十三号了。

我想要他画一张他没有画过的画，我说："你给我画一张册页，从来没有画过的画。"他欣然答应，护士安排好了，他走到画案旁边画了一张水墨画：一只青蛙往水里跳的时候，一条后腿被草绊住了，青蛙前面有三个蝌蚪在游动，更显示青蛙挣不脱去的焦急。他很高兴地说："这个，我从来没有画过。"我也很高兴。他问我题什么款。我说："你就题吧，我是你的学生。"他题：

青也吾弟　小兄璜　时同在京华　深究画法　九十三岁时记　齐白石

　　一天，我在伦池斋看见了一本册页，册页的第一张是白石老人画的：一个盘子放满了樱桃，有五颗落在盘子下面，盘子在一个小木架子上。我想买这张画。店主人说："要买就整本买。"我看不上别的画，光要这一张，他把价抬高高的，我没有买；马上跑到白石老人家，对他说："我刚才看了伦池斋你画的樱桃，真好。"他问："是怎样的？"我就给他说了，他马上说："我给你画一张。"他在一张两尺的琴条上画起来，但是颜色没有伦池斋的那么鲜艳，他说："西洋红没有了。"

　　画完了，他写了两句诗，字很大：

若教点上佳人口
言事言情总断魂

　　他显然是衰老了，我请他到曲园吃了饭，用车子送他回到跨车胡同，然后跑到伦池斋，把那张册页高价买来了。署名"齐白石"，印章"木人"。

　　后来，我把画给吴作人看，他说某年展览会上他见过这张画，整个展览会就这张画最突出。

　　有一次，他提出要我给他写传。我觉得我知道他的事太少，他已经九十多岁，我认识他也不过最近七八年，而且我已经看了他的年谱，就说："你的年谱不是已经有了吗？"我说的是胡适、邓广铭、黎锦熙三人合写的，商务印书馆出版的《齐白石年谱》。他不作声。

　　后来我问别人，他为什么不满意他的年谱，据说那本年谱把他的"瞒天过海法"给写了。一九三七年他七十五岁时,算命的说他流年不利,所以他增加了两岁。

这之后,我很少去看他,他也越来越不爱说话了。

最后一次我去看他,他已奄奄一息地躺在躺椅上,我上去握住他的手问他:"你还认得我吗?"他无力地看了我一眼,轻轻地说:"我有一个朋友,名字叫艾青。"他很少说话,我就说:"我会来看你的。"他却说:"你再来,我已不在了。"他已预感到自已在世之日不会有多久了。想不到这一别就成了永诀——紧接着的一场运动把我送到北大荒。

他逝世时已经九十七岁。实际是九十五岁。

一九八三年十二月

简评

大概是生活剪辑错了的故事,原本是封建地主家里的小少爷,艾青却在出生以后,阴差阳错地由一位贫苦农妇养育到 5 岁。1933 年,艾青第一次用笔名"艾青"发表长诗《大堰河——我的保姆》。这首长诗感情诚挚,诗风清新,轰动诗坛,写的就是穷到连名字都没有、只能以地名"大堰河"作为名字的诗人的保姆。艾青先生 1941 年奔赴延安,任《诗刊》主编。在遍地抗日烽火中,他深切地感受到时代的精神。抗日战争期间血与火的炼狱,成就了艾青先生诗歌创作的高潮期。

本文所记叙的故事,写的是新中国还在襁褓之中,诗人与画家的历史性邂逅,给作者留下深刻的印象。偶然中也有必然。说到大画家齐白石,有很多人写过有关画家的文章。诗人,也是画家的艾青先生《忆白石老人》写得别具一格。很多人只知道艾青是著名的诗人,但不知道当年艾青留学法国学的却是绘画。走进诗歌的园地,是因为他参加革命活动被捕后,在狱中没有画具,根本不具备作画的条件,就写起了诗歌，著名长诗《大堰河——我的保姆》就写在狱中的纸片上。曾经学画的人来写著名的画家，自然是再恰当不过了。《忆白石老人》于1984年1月21日在《光明日报》发表，刚一问世就引起了全社会广泛的关注。

1949年进北京不久，艾青先生代表党组织与当时的大画家齐白石接触，他是约了军管会的沙可夫和江丰，由画界的李可染陪同去看齐白石的。艾青自幼喜欢绘画，后来学画，18岁就看过齐白石的画，所以一见面就和齐白石说他自己的往事，但白石老人也不含糊，问在哪看的，艾青说在杭州西湖艺术院。白石问谁是院长，艾青说林风眠。这就对上号了，白石老人说林风眠喜欢他的画。他们的交往就正式开始了。

是画缩短了他们之间的距离，或许这就是艺术的魅力。

在艾青先生不免唐突地第一次登门的时候，白石老人终于确认了他们同来的确实是搞艺术的，不光是"革命家"，于是很高兴地铺纸画画，送他们每人一幅两尺小画。这在白石老人是很难得的。因为艾青是真正的懂画、爱画之人，真心喜欢齐白石的画。有次艾青在上海朵云轩看见齐白石一幅画，画的是一片小松林，二尺的水墨，他一看就是齐白石的真迹，但有人说是假的。于是他找到齐白石，让老爷子看看。齐白石看了下，说这画其他人是画不了的。他们的交往就是这样不显山不显水。白石老人的真实面目通过艾青的传神妙笔生动地展现在读者面前，名诗人写大画家，鲜活生动，尽显一代大家的风采与风流。

齐白石先生在国内与国际所获得的极高荣誉，是他生平热爱劳动、勤学苦练及富于创造精神的结果。中年以前，他是工人，文化程度不很高。中年以后，凭着坚定不移的毅力，日夜不辍的艰苦学习，他成为能画、能诗、能写和能治印的大艺术家。在没有成名的时候，他好学不倦，克服一切困难，成名之后，他并不自满，仍力求精进，要求自己不断地创造。结果，他的画、诗、书法与刻印都独具风格，自成一家。这种艺术大家的绘画个性就是在现在的艺术圈子内外依然是有口皆碑。

齐白石老人生活的时代，要走出一条自己的艺术之路，谈何容易！在白石老人的艺术生涯中有两个人至关重要：陈师曾和徐悲鸿。陈师曾与齐白石的交往，在1917至1923年间，短短数年，但他对于齐白石的"衰年变法"起到了关键的催化作用。徐悲鸿与齐白石的交往，在1928至1953年间，长达25年。不妨说，徐悲鸿是齐白石艺术盛期的好友，对于推介齐白石的艺术，起到了很大的作用。吴作人先生曾回忆：徐悲鸿对齐白石的激赏主要基于三个方面，即"有坚实的绘画基础""富有创新的精神"和"多才多艺"。徐悲鸿所说的"有坚实的绘画基础"，应该是指齐白石所具备的一般文人画家没有的写实能力；"富有创新的精神"，应该是指齐白石"衰年变法"之后，独特而个性鲜明的绘画面貌，即他认为齐白石最突出的表现是在艺术上的独创性；"多才多艺"，应该是指齐白石的诗书画印、工笔写意、山水花鸟人物等各方面的"全能"。对此，艾青在文中也曾有所涉及："听说白石老人是教授，每月到校一次，画一张画给学生看，作示范表演。有学生提出要把他的工资停掉。我说：'这样的老画家，每月来一次画一张画，就是很大的贡献。日本人来，他没有饿死，国民党来，也没有饿死，共产党来，怎么能把他饿死呢？'何况美院院长徐悲鸿非常看重他，收藏了不少他的画，这样的提案当然不会采纳。"

美

从何处寻？

◇宗白华

本文选自宗白华著《美学散步》(上海人民出版社1981年版)。宗白华(1897—1986)，字伯华，雅号"佛头宗"。江苏常熟人。中国现代哲学家、美学大师、诗人，南大哲学系代表人物。主要成就：把中国体验美学推向了极致。主要作品有：《美学散步》《艺境》《宗白华全集》等。

"啊，诗从何处寻？

在细雨下，点碎落花声，

在微风里，飘来流水音，

在蓝空天末，摇摇欲坠的孤星！"

(《流云小诗》)

"尽日寻春不见春，

芒鞋踏遍陇头云，

归来笑拈梅花嗅，

春在枝头已十分。"

(宋罗大经：《鹤林玉露》中载某尼悟道诗)

诗和春都是美的化身，一是艺术的美，一是自然的美。我们都是从目观耳听的世界里寻得她的踪迹。某尼悟道诗大有禅意，好象是说"道不远人"，不应该"道在迩而求诸远"。好象是说："如果你在自己的心中找不到美，那么，你就没有地方可以发现美的踪迹。"

然而梅花仍是一个外界事物呀，大自然的一部分呀！你的心不是"在"自己的心的过程里，在感情、情绪、思维里找到美；而只是"通过"感觉、情绪、思维找到美，发现梅花里的美。美对于你的心，你的"美感"是客观的对象和存在。你如果要进一步认识她，你可以分析她的结构、形象、组成的各部分，得出"谐和"的规律、"节奏"的规律、表现的内容、丰富的启示，而不必顾到你自己的心的活动，你越能忘掉自我，忘掉你自己的情绪波动，思维起伏，你就越能够"漱涤万物，牢笼百态"（柳宗元语），你就会象一面镜子，象托尔斯泰那样，照见了一个世界，丰富了自己，也丰富了文化。人们会感谢你的。

那么，你在自己的心里就找不到美了吗？我说，如果我们的心灵起伏万变，经常碰到情感的波涛，思想的矛盾，当我们身在其中时，恐怕尝到的是苦闷，而未必是美。只有莎士比亚或巴尔扎克把它形象化了，表现在文艺里，或是你自己手之舞之，足之蹈之，把你的欢乐表现在舞蹈的形象里，或把你的忧郁歌咏在有节奏的诗歌里，甚至于在你的平日的行动里、语言里。一句话，就是你的心要具体地表现在形象里，那时旁人会看见你的心灵的美，你自己也才真正的切实地具体地发现你的心里的美。除此以外，恐怕不容易吧！你的心可以发现美的对象（人生的，社会的，自然的），这"美"对于你是客观的存在，不以你的意志为转移。（你的意志只能指使你的眼睛去看她，或不去看她，而不能改变她。你能训练你的眼睛深一层地去认识她，却不能动摇她。希腊伟大的艺术不因中古时代而减少它的光辉。）

宋朝某尼虽然似乎悟道，然而她的觉悟不够深，不够高，她不能发现整个宇宙已经盎然有春意，假使梅花枝上已经春满十分了。她在踏遍陇头云时是苦闷的、失望的。她把自己关在狭窄的心的圈子里了。只在自己的心里去找寻美的踪迹是不够的，是大有问题的。王羲之在《兰亭序》里说："仰观宇宙之大，俯察品类之盛，所以游目骋怀，足以极视听之娱，信可乐也，"这是东晋大书法家在寻找美的踪迹。他的书法传达了自然的美和精神的美。不仅是大宇宙，小小的事物也不可忽视。诗人华滋沃斯曾经说过："一朵微小的花对于我可以唤起不能用眼泪表达出的那样深的思想。"

达到这样的、深入的美感，发现这样深度的美，是要在主观心理方面具有条件和准备的。我们的感情是要经过一番洗涤，克服了小己的私欲和利害计较。矿石商人仅只看到矿石的货币价值，而看不见矿石的美的特性。我们要把整个情绪和思想改造一下，移动了方向，才能面对美的形象，把美如实地和深入地反映到心里来，再把它放射出去，凭借物质创造形象给表达出来，才成为艺术。中国古代曾有人把这个过程唤做"移人之情"或"移我情"。琴曲《伯牙水仙操》的序上说：

> "伯牙学琴于成连，三年而成。至于精神寂寞，情之专一，未能得也。成连曰：'吾之学不能移人之情，吾师有方子春在东海中。'乃赍粮从之，至蓬莱山，留伯牙曰：'吾将迎吾师！'划船而去，旬日不返。伯牙心悲，延颈四望，但闻海水汩波，山林窅冥，群鸟悲号。仰天叹曰：'先生将移我情！'乃援操而作歌云：'繄洞庭兮流斯护，舟楫逝兮仙不还，移形素兮蓬莱山，欸钦伤宫仙不还。'"

伯牙由于在孤寂中受到大自然强烈的震撼，生活上的异常遭遇，整个心境受了洗涤和改造，才达到艺术的最深体会，把握到音乐的创造性的旋律，完成他的美的感受和创造。这个"移情说"比起德国美学家栗卜斯的"情感移入论"似乎还要深刻些，因为它说出现实生活中的体验和改造是"移情"的基础呀！并且"移易"和"移入"是不同的。

这里我所说的"移情"应当是我们审美的心理方面的积极因素和条件，而美学家所说的"心理距离""静观"，则构成审美的消极条件。女子郭六芳有一首诗《舟还长沙》说得好：

> "侬家家住两湖东，
> 十二珠帘夕照红，

> 今日忽从江上望，
> 始知家在画图中。"

　　自己住在现实生活里，没有能够把握它的美的形象。等到自己对自己的日常生活有相当的距离，从远处来看，才发现家在画图中，溶在自然的一片美的形象里。

　　但是在这主观心理条件之外，也还需要客观的物的方面的条件。在这里是那夕照的红和十二珠帘的具有节奏与和谐的形象。宋人陈简斋的海棠诗云："隔帘花叶有辉光"。帘子造成了距离，同时它的线文的节奏也更能把帘外的花叶纳进美的形象，增强了它的光辉闪灼，呈显出生命的华美，就象一段欢愉生活嵌在素朴而具有优美旋律的歌词里一样。

　　这节奏，这旋律，这和谐等等，它们是离不开生命的表现，它们不是死的机械的空洞的形式，而是具有丰富内容，有表现、有深刻意义的具体形象。形象不是形式，而是形式和内容的统一，形式中每一个点、线、色、形、音、韵，都表现着内容的意义、情感、价值。所以诗人艾里略说："一个造出新节奏的人，就是一个拓展了我们的感情并使它更为高明的人。"又说："创造一种形式并不是仅仅发明一种格式、一种韵律或节奏，而且也是这种韵律或节奏的整个合式的内容的发觉。莎士比亚的十四行诗并不仅是如此这般的一种格式或图形，而是一种恰是如此思想感情的方式"，而具有着理想的形式的诗是"如此这般的诗，以致我们看不见所谓诗，而但注意着诗所指示的东西"(《诗的作用和批评的作用》)。这里就是"美",就是美感所受的具体对象。它是通过美感来摄取的美,而不是美感的主观的心理活动自身。就象物质的内部结构和规律是抽象思维所摄取的,但自身却不是抽象思维而是具体事物。所以专在心内搜寻是达不到美的踪迹的。美的踪迹要到自然、人生、社会的具体形象里去找。

但是心的陶冶,心的修养和锻炼是替美的发现和体验作准备的。创造"美"也是如此。捷克诗人里尔克在他的《柏列格的随笔》里有一段话精深微妙,梁宗岱曾把它译出,现介绍如下:

"……一个人早年作的诗是这般乏意义,我们应该毕生期待和采集,如果可能,还要悠长的一生;然后,到晚年,或者可以写出十行好诗。因为诗并不象大家所想象,徒是情感(这是我们很早就有了的),而是经验。单要写一句诗,我们得要观察过许多城许多人许多物,得要认识走兽,得要感到鸟儿怎样飞翔和知道小花清晨舒展的姿势。得要能够回忆许多远路和僻境,意外的邂逅,眼光光望它接近的分离,神秘还未启明的童年,和容易生气的父母,当他给你一件礼物而你不明白的时候(因为那原是为别一人设的欢喜)和离奇变幻的小孩子的病,和在一间静穆而紧闭的房里度过的日子,海滨的清晨和海的自身,和那与星斗齐飞的高声呼号的夜间的旅行——而单是这些犹未足，还要享受过许多夜不同的狂欢，听过妇人产时的呻吟，和坠地便瞑目的婴儿轻微的哭声，还要曾经坐在临终人的床头和死者的身边，在那打开的、外边的声音一阵阵拥进来的房里。可是单有记忆犹未足，还要能够忘记它们，当它们太拥挤的时候，还要有很大的忍耐去期待它们回来。因为回忆本身还不是这个，必要等到它们变成我们的血液、眼色和姿势了，等到它们没有了名字而且不能别于我们自己了，那么，然后可以希望在极难得的顷刻，在它们当中伸出一句诗的头一个字来。"

这里是大诗人里尔克在许许多多的事物里、经验里，去踪迹诗，去发现美，多么艰辛的劳动呀！他说：诗不徒是感情，而是经验。现在我们也就转过方向，从客观条件来考察美的对象的构成。改造我们的感情，使它能够发现美。中国古人曾经把这唤做"移我情"，改变着客观世界的现象，使它能够成为美的对象，中国古人曾经把这唤做"移世界"。

"移我情""移世界"，是美的形象涌现出来的条件。

我们上面所引长沙女子郭六芳诗中说过："今日忽从江上望，始知家在画图中"，这是心理距离构成审美的条件。但是"十二珠帘夕照红"，却构成这幅美的形象的客观的积极的因素。夕照、月明、灯光、帘幕、薄纱、轻雾，人人知道是助成美的出现的有力的因素，现代的照相术和舞台布景知道这个而尽量利用着。中国古人曾经唤做"移世界"。

明朝文人张大复在他的《梅花草堂笔谈》里记述着：

> "邵茂齐有言，天上月色能移世界，果然！故夫山石泉涧，梵刹园亭，屋庐竹树，种种常见之物，月照之则深，蒙之则净，金碧之彩，拔之则醇，惨悴之容，承之则奇，浅深浓淡之色，按之望之，则屡易而不可了。以至河山大地，邈若皇古，犬吠松涛，远于岩谷，草生木长，闲如坐卧，人在月下，亦尝忘我之为我也。今夜严叔向，置酒破山僧舍，起步庭中，幽华可爱，旦视之，酱盎纷然，瓦石布地而已，戏书此以信茂齐之语，时十月十六日，万历丙午三十四年也。"

月亮真是一个大艺术家，转瞬之间替我们移易了世界，美的形象，涌现在眼前。但是第二天早晨起来看，瓦石布地而已。于是有人得出结论说：美是不存在的。我却要更进一步推论说，瓦石也只是无色、无形的原子或电磁波，而这个也只是思想的假设，我们能抓住的只是一堆抽象数学方程式而已。究竟什么是真实的存在？所以我们要回转头来说，我们现实生活里直接经验到的、不以我们的意志为转移的、丰富多采的、有声有色有形有相的世界就是真实存在的世界，这是我们生活和创造的园地。所以马克思很欣赏近代唯物论的第一个创始者培根的著作里所说的物质以其感觉的诗意的光辉向着整个的人微笑（见《神圣家族》），而不满意霍布士的唯物论里"感觉失去了它的光辉而变为几何学家的抽象感觉，唯物论变成了厌世论"。在这里物的感性的质、光、色、声、热等不是物质所固有的了，光、色、声中的美更成了主观的东西。于是世界成了灰白色的骸骨，机械的死的过程。恩格斯也主张我们的思想要象一面镜子，如实地反映这多采的世界。美是存在着的！世界是美的，生活是美的。它和真和善是人类社会努力的目标，是哲学探索和建立的对象。

美不但是不以我们的意志为转移的客观存在，反过来，它影响着我们，教育着我们，提高生活的境界和意趣。它的力量更大了，它也可以倾国倾城。希腊大诗人荷马的著名史诗《伊利亚特》歌咏希腊联军围攻特罗亚九年，为的是夺回美人海伦，而海伦的美叫他们感到九年的辛劳和牺牲不是白费的。现在引述这一段名句：

> "特罗亚长老们也一样的高踞城雉，
> 当他们看见了海伦在城垣上出现，
> 老人们便轻轻低语，彼此交谈机密：
> '怪不得特罗亚人和坚胫甲阿开人，
> 为了这个女人这么久忍受苦难呢，
> 她看来活象一个青春长住的女神。
> 可是，尽管她多美，也让她乘船去吧，
> 别留这里给我们子子孙孙作祸根。'"

（引自缪朗山译《伊利亚特》）

荷马不用浓丽的词藻来描绘海伦的容貌,而从她的巨大的惨酷的影响和力量轻轻地点出她的倾国倾城的美。这是他的艺术高超处,也是后人所赞叹不已的。

我们寻到美了吗?我说,我们或许接触到美的力量,肯定了她的存在,而她的无限的丰富内含却是不断地待我们去发现。千百年来的诗人艺术家已经发现了不少,保藏在他们的作品里,千百年后的世界仍会有新的表现。每一个造出新节奏来的人,就是拓展了我们的感情并使它更为高明的人!

(原载于《新建设》1957年第6期)

简评

宗白华先生是我国现代美学的先行者和开拓者,被誉为"融贯中西艺术理论的一代美学大师"。美学界公认他的主要成就:把中国体验美学推向了极致。宗白华先生在著名的《美学散步》中曾说过,主观的生命情调与客观的自然景象交融互渗,成就的灵境是构成艺术之所以为艺术的"意境"。他将意境称为中国古代画家诗人"艺术创作的中心之中心"。《美学散步》中出现频率最多的词是:宇宙、人生、艺术、美、心灵、节奏、旋律、飞舞、音乐化、体验等,这些词语既解释了中国艺术的至境,也显现出揭示者的人生至境。中国哲学、中国诗画中的空间意识和中国艺术中的典型精神,被宗白华先生融成了一个三位一体的问题:一阴一阳谓之道,趋向音乐境界,渗透时间节奏书法中的飞舞;其实都体现着一种精神:人的悟道、道合人生,个体生命与无穷宇宙的相应相生。

《美学散步》是宗白华先生美学论文的第一次结集出版,书中几乎汇集了作者一生最精要的美学篇章,其词句典雅优美、充满诗意,是中国美学经典之作和必读之书。阅读这本书本身就是一种艺术的享受，作者用他抒情的笔触、爱美的心灵引领读者去体味中国和西方那些伟大艺术家的心灵，去体味那些风流潇洒的人们的心灵，待得我们"散步"归来，就会发觉自己的心灵得到了升华与净化。

宗白华先生以艺术家的态度感受着世间万物，并用那行云流水般的文字将其形诸笔端。这样写成的书绝不只是艺术理论，还是一种生活的方式。这样一位源生于传统文化、洋溢着艺术灵性和诗情、深得中国美学精髓的大师以及他散步时低低的脚步声，在日益强大的现代化的机器轰鸣声中，也许再也难以再现了。宗白华先生怀着诗情在美学的原野上散步。这篇《美从何处寻?》，便是他"散步"的心得体会。全文自始至终围绕"美的发现"展开："诗和春都是美的化身，一是艺术的美，一是自然的美。我们都是从目观耳听的世界里寻得她的踪迹。某尼悟道诗大有禅意，好象是说'道不远人'，不应该'道在迩而求诸远'。好象是说：'如果你在自己的心中找不到美，那么，你就没有地方可以发现美的踪迹。'"文中引用的诗说得更艺术："尽日寻春不见春，芒鞋踏遍陇头云。归来笑拈梅花嗅，春在枝头已十分。"这正好说明了宗白华先生的美学特点是：不建体系，而是注重对艺术的直接感悟，充满灵气与睿智。在很强的学术性的基础上，宗白华先生是把"学术论文"当"诗"、当"散文"来写的，尽管本文涉足美学、哲学的堂奥来"谈美"，但本文依然称的上是"美文"。

本文还有一个重要的方面是教我们如何去找到美。关于这个问题，捷克诗人里尔克有一段精彩的阐述，引用之后作者说："这里是大诗人里尔克在许许多多的事物里、经验里，去踪迹诗，去发现美，多么艰辛的劳动呀! 他说：诗不徒是感情，而是经验。现在我们也就转过方向，从客观条件来考察美的对象的构成。改造我们的感情，使它能够发现美。中国古人曾经把这唤做'移我情'，改变着客观世界的现象，使它能够成为美的对象,中国古人曾经把这唤做'移世界'。"作者认为美是客观的,是不以人的意志为转移的,美的踪迹要到自然、人生、社会的具体形象里去寻找。作者提出了两个方法来帮助我们找到美的踪迹:第一是"移我情":改造我们的感情,使它能够发现美;第二是"移世界":改变着客观世界的现象,使它能够成为美的对象。文中作者就这些问题举出了很多的例子,不至于使这些理论显得生涩难懂。

可以说,宗白华先生把中国体验美学推向了极致,后人很难再出其右。后来人应该懂得,宗白华先生用"散步"的方式将深奥的美学理论娓娓道来,别是一番风味,以至于先生的晚年,一个耄耋老者提着拐杖,在北京大学的未名湖畔的"美学散步",成了校园的一道永恒的风景,永在波光云影之中,永在人们的记忆中。

宇

宙
六
问

◇吴智仁

本文选自饶忠华主编《感悟科学》（上海科技教育出版社2002年版）。吴智仁（1941— ），江西九江人。曾任上海科学技术出版社社长，上海市天文学会副理事长。

一问：人类是孤独的吗

人类真是宇宙中的唯一智慧生物吗？对这个问题有两种截然相反的意见。反对"人类唯一论"的人，对银河系的智慧生物作了如下分析和估计。在绕恒星运行的行星上，能繁衍出生命的条件之一是，它的恒星的质量至少要与太阳质量相当。质量比太阳大得多的恒星，由于热核反应进行快，恒星的寿命短，生命来不及演化；反之，质量比太阳小得多的恒星，其周围的行星得到的能量太少，生命不易繁衍。估计在银河系的1400亿颗恒星中，大约有1/10的质量和太阳相近,由此算出适合生命繁衍的不大不小的恒星大约有140亿颗。

这140亿颗恒星分布在银河系的各处。由于银河系的中心(星系核)辐射强,生命不易产生,只有在银河系边缘的恒星才能避开这种"致命的"辐射。这种恒星只占140亿颗恒星中的1/10,即14亿颗。而这14亿颗恒星中有一半是双星(即距离相当近的两颗恒星,环绕着一个公共的质量中心运行),这些双星中的一小部分对生命不利。因而在14亿颗恒星中,适合生命条件的恒星(包括双星)只有10亿颗。而在这10亿颗恒星中,估计只有1亿颗恒星有行星。太阳的寿命约100亿年,至今它已活了50亿年。由此看来,生命要演化到恒星的中年时才能出现智慧生物(如人)。这样看来,上述1亿颗恒星中只有5000万颗恒星的行星上,可能有我们人类的兄弟。当然,以上所述仅是一种理论分析,迄今为止我们还没有找到第二个"地球",也没有发现第二个"人类"。

另一些科学家对银河系中可能有这么多"人类"持不同意见。他们认为生命产生和存在的条件实在太苛刻了。拿我们人类来讲,地球比现在的再大一点或小一点,离太阳近一些或远一点,都可以使生命难以存在,故地球上的生命很可能是宇宙中"绝无仅有"的。

二问：对太阳都了解了吗

　　太阳几十亿年来不停地向周围空间发射出大量的光和热，这些能量来自何处？根据传统的解释，太阳上进行着由氢聚变成氦的热核反应。在这个过程中太阳要释放大量的能量，与此同时它也要产生大量的中微子。十年前，一组科学家在美国一个金矿里所做的实验表明，实际测得的中微子数目只有理论值的1/5。其余的中微子到哪里去了？这就是著名的"太阳中微子失踪之谜"。究竟是太阳并未产生这么多中微子，还是实验没有测到所有的中微子？太阳的产能理论面临严重的挑战。

　　上两年有人报告说，中微子具有静止质量。这样一来，太阳中微子失踪之谜似乎也找到了谜底。因为，中微子有好几种类型，一种中微子可以变成另外一种，又会再变回去。在它们从太阳传播到地球来的过程中，其中一部分中微子可能变成用上述实验方法捕捉不到的另一类中微子了，所以我们测到的中微子很少。

　　也有人认为，问题出在实验方法上。上述的实验是在金矿的地下挖一个大水池，里面放液态氯。由于实验是在地下1.6千米深处做的，厚厚的地层将宇宙线中的其他基本粒子都过滤掉了，最后只剩下穿透力最强的中微子射向液态氯。不过，用这种方法只能捕捉到能量较高的中微子，而那些能量较低的中微子则成了"漏网之鱼"。他们正准备再放一个盛镓的槽,以捕捉低能的中微子。企图用这种"大网捉大鱼,细网捕小鱼"的实验方法,把来自太阳的中微子"一网打尽"。看来,要等到这种实验有了结果,才能知道我们对太阳的认识是否有错误。

三问:黑洞果真存在吗

黑洞是根据广义相对论推论出来的,它是大质量恒星演化的最后归宿。以一个质量为太阳质量20倍的恒星为例,它上面进行的热核反应要比太阳上的激烈得多。最后,当它的核燃料耗尽时,这颗恒星便会作垂死挣扎,撕碎其自身的外壳并把亿万吨物质猛烈地抛射到周围空间去。同时,其内部高密度物质会剧烈收缩,最后收缩为一个半径只有几千米的天体,它的引力将增大到把一切物质全部压碎的地步。这种极强的引力会把一切落到其"势力范围"里的物质都吞噬进去,连光也逃不出来。结果,在远处看去这个区域是漆黑一团,什么发光物质也没有,所以叫"黑洞"。

像太阳那样大的天体,目前半径为70万千米。如果它收缩到半径只有3千米,那么,太阳就成了一个黑洞。至于像地球这样大的天体,它要收缩成半径只有1厘米的弹丸那么一点大,才能成为一个黑洞。

迄今为止尚没有人用光学望远镜看到过黑洞。但是,根据物质以很高速度落进黑洞时会发出X射线这一点,并根据所估计出的这个区域的质量大小,人们可以提出几个黑洞的"候选人"，为首的是天鹅座X-1。虽然大多数科学家相信这是一个黑洞，但也有持谨慎态度的。科学毕竟是科学，最后的裁判者只能是事实本身。天鹅座X-1究竟是不是黑洞，还有待最后的论证。

虽然大多数天文学家相信黑洞是存在的，但也有人对此表示怀疑。他们的怀疑不无道理，因为从观测上讲，迄今为止没有哪一个黑洞的候选者得到最终证实。从理论上讲，黑洞是广义相对论的一个推论，但是，他们认为广义相对论的推论并不是百分之百都正确的，"黑洞可能就是广义相对论外推到不合适地步的一个例子"。

四问：类星体究竟是什么

类星体是一种奇异的天体。在照相底片上，它像恒星那样是一个亮点；但光谱分析表明，它的光谱特征又和通常的恒星不同。按光谱的多普勒效应来判断，类星体离我们十分遥远，一般都在几十亿光年到100多亿光年之间，最远的约200亿光年。我们今天看到的来自类星体的光，实际上是几十亿年前发出的。因此，研究类星体对于了解几十亿年前宇宙的早期情况很有意义。

距离我们如此遥远的类星体，看上去仍然很明亮，说明它们发出的能量十分惊人。单就类星体所辐射的电磁能量而言，在可见光波段约是整个银河系光辐射的1000倍，在无线电波段约为银河系的几万倍。一个体积不大的天体，竟能发出如此巨大的能量，这是目前的理论难以想象的。

类星体的巨大能量辐射是怎样产生的？为了解释类星体的产能机制，科学家们对类星体究竟是什么东西，提出了各式各样的设想。其中之一是把类星体看作"活动星系核"。天文观测发现，许多星系的核心处十分明亮，在照相底片上也表现为一个不大的亮点。在这些星系核中，发生着非常剧烈的爆发事件，人们把它们称为"活动星系核"。如果类星体是遥远的活动星系核的话，有人就问："银河系的核心也曾经是一个类星体吗？其他所有星系的核心都曾经是类星体吗？"

根据近年来的观测资料，相当一部分科学家认为，在活动星系核中心有一个质量为太阳质量1000万倍左右的大黑洞，类星体的光就是这种大黑洞吞噬周围物质时，这些物质在掉进黑洞之前发出来的。

揭开类星体之谜的重任恐怕要由空间望远镜来担负了。1985年，美国宇航局将把空间望远镜通过航天飞机送到轨道上，它能看到的类星体将比在地面上看到的清晰100倍。类星体究竟是什么样的天体，那时或许会得到初步的答案。

五问：下落不明的质量何在

在宇宙空间，由几十亿颗以上的恒星聚集在一起所组成的天体系统叫"星系"。恒星的质量已经大得惊人了，星系的质量当然更是大得难以估计。由研究得知,星系可以分成好几类,每一类星系的质量和它们的亮度之间有一定的关系。星系的亮度是可以在地球上测定的,知道它的亮度就可以利用上述关系式估算出它的质量。这样得到的质量叫星系的"光学质量",它是看得见的质量。

恒星在星系中,一面绕星系核作旋转运动,一面作无规则的弥散运动,我们可以根据恒星的弥散运动,用动力学方法求出星系的质量,这叫星系的"动力学质量"。这个质量是光学质量的几百倍。这样看来,星系中的物质大部分不知隐匿在何处,所以天文学家把它们称为"下落不明的质量"。从整个宇宙范围来讲,这么多质量下落不明是个严重问题。

随着观测技术的提高,人们在离星系中心较远处发现一些暗弱的天体,又在星系外面发现有一个范围很大的物质层,这些发现使"下落不明的质量"查清了不少。当前,科学家把目光集中到中微子上。在天体演化的过程中,很多核反应都会产生中微子。据估计,宇宙中的中微子数量是其他基本粒子数目的10万亿(10^{13})倍。如果中微子是有静止质量的话,尽管它微乎其微,但所有中微子加在一起的总质量,却能占到宇宙总质量的99%以上。又有科学家根据"超引力理论"提出,在星系核周围有许多"引力微子",它们的数量虽然只有中微子的1/10,但它们的质量却是中微子的10倍。看来,这又是一大笔"下落不明的质量"。

六问：宇宙的前途如何

天文学中的"宇宙"与哲学上的"宇宙"不完全是一回事。前者所指的是一个十分广大但却是有限的范围，它的直径大约为200亿光年（1光年就是光在1年内走过的距离，约10万亿千米）。这么一个庞然大物也有自己的过去、现在和将来，这就是"宇宙演化"。

关于宇宙的演化，占统治地位的学说是"宇宙膨胀论"。根据宇宙大爆炸学说，我们今天观测所及的宇宙（或者叫总星系），起源于200亿年前的一次大爆炸，爆炸后演化而成的天体彼此远离开去，于是整个宇宙就像气球那样逐渐膨胀。现在的问题是，宇宙就这么一直膨胀下去吗？在预言宇宙今后的命运时，有两种截然相反的可能性：一种可能是，宇宙将一直膨胀下去；另一种可能是，宇宙将逐渐停止膨胀，到一定时期后就转为收缩，直至收缩到一个原子那么大而崩溃。天文学家给宇宙这样"算命"有何根据呢？

决定宇宙前途的关键因素，是宇宙中物质的多少。如果宇宙中物质的总量很多，那么，由于它们之间的万有引力很大，将使宇宙膨胀的势头减弱，直到停止膨胀并转为收缩。宇宙收缩越小，其物质密度也越来越大，当宇宙收缩到只有一个原子那么大小时，那时的密度、温度都大得难以想象，我们这个宇宙也算完结了。至于这个原子般大小的超密火球会不会再来一次大爆炸开始新一轮的膨胀，就不得而知了。

与此相反，如果宇宙中物质总量不够多的话，万有引力不足以约束宇宙的膨胀，那么，今天的宇宙将一直膨胀下去。

到目前为止，我们已经发现的宇宙物质总量比使宇宙停止膨胀所需的质量要少得多。因此，我们的宇宙似乎还要膨胀下去。但最近的研究表明，宇宙中实际存在的物质也许比现已查清的多得多，如果是那样的话，宇宙也可能面临另一种命运。

简 评

宇宙真是太大了，大得几乎无从说起，无从想象。

宇宙真是浩瀚无际、奥妙无穷。本文涉及了多方面的问题，实际上，这只是许许多多宇宙问题的冰山一角。不过，这足以引起我们的兴趣。仰望星空，浩瀚无垠的宇宙总会让我们肃然起敬，也会激发我们的好奇心，思索一个个自然之谜。人类在宇宙中是独一无二的吗？近到太阳，远到类星体，我们了解多少？宇宙中有大量暗物质存在吗？我们怎样估算宇宙的物质总量？宇宙的命运可以预测吗？本文作者以简明的语言、科学的表述，在一定范围内，回答了这些艰难的问题。尽管这些宇宙学难题还没有一个终极答案，但对它们的探索表现了人类思维的伟力。人类正是在这样不断的质疑中前进的，宇宙神秘的面纱总有一天会被揭开，它的无穷奥秘一定会被逐渐破解。

揭开宇宙神秘的面纱当然还须假以时日。六个问题中的最后一个问题，或许不像前面的问题那样具体，抽象中或许更引起我们的兴趣。是啊，"宇宙的前途如何？"我们重点来读读这一节。

"天文学中的'宇宙'与哲学上的'宇宙'不完全是一回事。前者所指的是一个十分广大但却是有限的范围，它的直径大约为200亿光年

（1光年就是光在1年内走过的距离，约10万亿千米）。这么一个庞然大物也有自己的过去、现在和将来，这就是'宇宙演化'。"

宇宙是广袤空间和其中存在的各种天体以及弥漫物质的总称。宇宙起源是一个极其复杂的问题。宇宙是物质世界，它处于不断的运动和发展中。千百年来，科学家们一直在探寻宇宙是什么时候、如何形成的。直到今天，许多科学家认为，宇宙是由大约200亿年前发生的一次大爆炸形成的。宇宙内的所存物质和能量都聚集到一起，并浓缩成很小的体积，温度极高，密度极大，瞬间产生巨大压力，之后发生了大爆炸，这次大爆炸的反应原理被物理学家们称为量子物理。大爆炸使物质四散出去，宇宙空间不断膨胀，温度也相应下降，后来相继出现宇宙中的所有星系、恒星、行星乃至生命。

按一般的理解宇宙是如何"演化"的？作者认为："关于宇宙的演化，占统治地位的学说是'宇宙膨胀论'。根据宇宙大爆炸学说，我们今天观测所及的宇宙（或者叫总星系），起源于200亿年前的一次大爆炸，爆炸后演化而成的天体彼此远离开去，于是整个宇宙就像气球那样逐渐膨胀。……"宇宙中的物质分布出现不平衡时，局部物质结构会不断发生膨胀和收缩变化，但宇宙整体结构相对平衡的状态不会改变。仅凭从地球角度观测到的部分（不是全部）可见星系与地球之间距离的远近变化，不能说明宇宙整体是在膨胀或收缩。就像地球上的海洋受引力作用不断此长彼消的潮汐现象并不说明海水总量是在增加或减少一样。

另外，大爆炸宇宙论面临的难题是，如果宇宙无限膨胀下去，最后的结局如何呢？宇宙的前途如何呢？接下来作者又提出一种新观点："决定宇宙前途的关键因素，是宇宙中物质的多少。如果宇宙中物质的总量很多，那么，由于它们之间的万有引力很大，将使宇宙膨胀的势头减弱，直到停止膨胀并转为收缩。宇宙越缩越小，其物质密度也越来越大，当宇宙收缩到只有一个原子那么大小时，那时的密度、温度都大得难以想象，我们这个宇宙也算完结了。至于这个原子般大小的超密火球会不会再来一次大爆炸开始新一轮的膨胀，就不得而知了。"直到20世纪，出现了两种"宇宙模型"比较有影响。一是稳态理论，一是大爆炸理论。20世纪20年代后期，爱德温·哈勃发现了红移现象，说明宇宙正在膨胀。20世纪60年代中期，阿尔诺·彭齐亚斯和罗伯特·威尔逊发现了"宇宙微波背景辐射"。这两个发现给大爆炸理论以有力的支持。这和作者在文章结尾的观点是一致的："到目前为止，我们已经发现的宇宙物质总量比使宇宙停止膨胀所需的质量少得多。因此，我们的宇宙似乎还要膨胀下去。但最近的研究表明，宇宙中实际存在的物质也许比现已查清的多得多，如果是那样的话，宇宙也可能面临另一种命运。"

　　随着人类的发展，探索宇宙的手段也会不断地发展，关于宇宙的问题是没有止境的。

一场革命开始了

◇[美]比尔·盖茨

本文节选自比尔·盖茨著《未来之路》,(北京大学出版社1996年版)。比尔·盖茨(1955—),1955年10月28日出生于美国华盛顿州西雅图,企业家、软件工程师、慈善家、微软公司创始人。曾任微软董事长、CEO和首席软件设计师。比尔·盖茨连续13年成为《福布斯》全球富翁榜首富,连续20年成为《福布斯》美国富翁榜首富。

我13岁的时候编写出了我的第一个软件程序,目的是为了玩三连棋。我那时使用的那台计算机庞大、笨重、速度慢,但绝对是令人心荡神迷的。

使一帮十几岁的少年迷恋于一台计算机,这原是湖滨中学母亲俱乐部的主意,那时我正在该私立学校上中学。这些母亲们决定,应该把一次义卖捐献物所得的钱用来为学生们安装一台终端机,并为他们付计算机机时费。还在60年代末的西雅图,就让学生使用计算机,这是一种相当令人惊讶的做法——对此,我将永远怀抱感激之情。

这台计算机终端没有屏幕。为了下棋,我们在一个打字机式的键盘上输进我们的棋路看法,然后坐在周围等候一个噪音很大的打印机咔嗒咔嗒地把结果打印在一张纸上。于是我们便冲过去看谁赢了，或是决定下一轮走法。本来玩一盘三连棋只需一张纸、一支铅笔和大约 30 秒钟就够了，而这样一来，我们就多半会把大部分吃午饭的时间都搭进去。可这有什么关系呢？要紧的是这台机器有那么一点妙不可言的地方。

后来我意识到，这种计算机魅力产生的部分原因在于：面对一台庞大的、昂贵的、成熟的机器，而我们这些小家伙居然可以控制它。我们太年轻了，不能开车或是进行别的寻欢作乐的成人活动。但我们却可以对这台机器发号施令，而它总是唯命是从。计算机太伟大了，你一旦操作它，就可以立刻得到结果，让你知道你的程序是不是在起作用。从别的许多事情上你得不到这种反馈。这就是我迷恋计算机的开始。简单程序产生的反馈尤其一目了然。就是到了今天，一想到无论什么时候只要我的程序正确，机器就会不折不扣地遵从我的指令去工作，我就激动不已。

当我和我的朋友有了信心的时候，我们开始在计算机上折腾起来，例如一有可能就加快程序的运行速度，或是想法增加游戏本身的难度。湖滨俱乐部的一个朋友用 BASIC 语言开发了一个程序，用来模拟强手棋游戏。BASIC 语言（初学者通用符号指令代码：Beginner's All Purpose Symbolic Instruction Code 的缩写），正如其缩写名称所示，是我们用来开发日益复杂程序的比较容易学习的编程语言。他想出了个招法，可以让计算机以飞快的速度玩成百上千的游戏。我们为它增加一些指令，实验出了各式各样的游戏方法。我们想发现究竟什么样的技巧最容易获胜。而这台咔嗒咔嗒的计算机告诉了我们答案。

跟所有的儿童一样，我们不仅胡乱鼓捣我们的玩具，我们也改变它们。如果你曾观察过某个儿童用纸板卡通和一箱蜡笔创造出一艘带冷温控制仪表的太空船，或是听到他们即兴制订一些规则，诸如"红色小车可以超越所有别的车"等的话，你就知道，这种要求一个玩具具有更多功能的冲动存在于创见性儿童游戏的核心，这也是创造性活动的本质。

当然，我们那时只是在胡乱折腾而已，至少我们自己是这样认为的。但我们拥有这样一种玩具——嗨，一种最后变得非同小可的玩具。我们湖滨中学的一些同学拒绝放弃玩计算机。在学校的许多人心目中，我们已经和计算机连体，或者说计算机已经与我们连体。一位教员请我协助教授计算机程序设计，这对大家来说似乎是理所当然的事情。但是当我在校园剧目《黑色喜剧》中担任主角时，却听到一些同学在小声议论，"他们为什么选中了这么个计算机迷？"可见人们仍然是以这种方式来认识我的。

在全世界的范围内，似乎有整整一代像我们这样的人，伴随着各自喜爱的计算机玩具步入了成年阶段。我们的这种做法引起了一场革命，虽说基本

上是静悄悄地发生的——现在,计算机已占据了我
们的办公室和家庭。计算机的体积越来越小,功能
却越来越强,同时价格也戏剧性地降低。这一切都
发生在很短的时间内,虽说发生得不像我想象的那
么快,但仍然要算相当的快。廉价的计算机芯片现
在已经用于引擎、手表、反向刹车、复印机、电梯、油
泵、照相机、恒温器、脚踏车、自动售货机、报警器等,
甚至用于语音问候卡里。今天学校里的少年正在用
个人计算机做一些令人惊讶的事情。这些计算机还
没有课本大,但其功能却比上一代最大的计算机还
要强大。

　　既然计算机异乎寻常的便宜,而计算机又占据
了我们生活的每个角落,所以,可以说我们正处于一
场革命的前夜。这场革命将使得通信价格降低到前
所未有的程度,而且所有的计算机都将连为一体,为
我们而存在,并和我们交流。将这些计算机在全球
范围内连接起来,它们就将形成一个网络,人们正在
把这些网络称为"信息高速公路"。这方面的直接表
现就是目前的计算机国际互联网络(Internet),该网
络使用最新技术,将一大片计算机连接起来交换
信息。

　　建成、使用这一新的网络,它的好处以及危害,
是这本书的主题。

　　将要发生的方方面面似乎都是令人激动的。当
我19岁时,我展望了一次未来,把我所看到的一切
作为我理想生活的基础,结果事实证明我是正确

的。但19岁的比尔·盖茨所处的地位与现在的比尔·盖茨所处的位置是大不相同的,在那些日子里,我不仅拥有作为一个机灵的少年人所拥有的一切自信力,而且具有不受任何人注意的有利条件,即使我失败了——那又算得了什么呢？今天,和70年代的计算机巨人们相比,我却具有更显著的地位,但我认为他们曾使我获益匪浅。

我曾一度想去大学攻读经济学,最终我还是改变了主意。从某种意义上讲,我在计算机行业的全部经历就是一系列经济学课程。我亲睹了正螺旋线效应和古板的商业模式。我观察了工业标准演变的方式。我看到了技术上相互兼容的重要性,看到了反馈和不断创新的重要性。我想,我们就快要看到亚当·斯密的理想市场的最终实现了。

但是我不是仅仅想使用这些教训来探讨未来——我是在拿未来打赌。还在我十几岁的时候,我就预见到了低成本计算机可能会具有的冲击性影响。"让每一个家庭,每一张桌子上都有一台计算机"成为微软公司的使命,为了完成这一使命,我已经做了很多工作。现在,这些计算机正被连接起来,而我们正在同时制造软件——即告诉计算机硬件如何运作的指令——这将使个人从这一相互连接的通信动力系统中获得益处。不可能完全精确地预见到使用网络时的情形。我们将利用各种不同的设施进行相互联络,包括一些看起来像电视机、像今天的个人计算机或像电话机的设置,有些东西可能与一个钱包的大小与形状相似。在它们的核心都将有一台功能强大的计算机,无形地与成百万的其他计算机连接在一起。

　　不久的将来,会有这么一天,你可能不必离开你的书桌或扶手椅,就可以办公、学习、探索这个世界和它的各种文化,进行各种娱乐,交朋友,逛附近的商场,向远方的亲戚展示照片,等等。你不会忘记带走你遗留在办公室或教室里的网络连接用品,它将不仅仅是你随身携带的一个小物件,或你购买的一个用具,而是你进入一个新的、媒介生活方式的通行证。

　　亲身的经历和快乐是个人的和直接的,没人会以进步的名义,剥夺你在沙滩上躺着、在树林中漫步、在喜剧俱乐部小憩或在跳蚤市场上购物的经历。但亲身的经历未必都是值得的。例如,排队就是一种亲身经历,但从我们第一次排过队之后起,我们就一直在想方设法地避免它。

　　人类的许多进步之所以产生,多半是由于什么人发明了一个更好的、更有力的工具。物质工具使工作速度加快并使人们从重体力劳动中解脱出来。犁和车轮、起重机和推土机扩大了使用这些工具者本身的能力。

　　信息工具是符号式的媒介物,它们扩大其使用者的智力而不是体力。当你阅读本书时,你就正在享受媒介经历:事实上我们没有在同一房间里,但你依然可以发现我心里的想法。现在大量的工作需要决策和知识，因此信息装置成为并且将继续日益成为发明者们关心的焦点。就像任何文本都可以用字母排列组合来表达一样，这些工具则允许各种信息都可以用数字形式来表达，即以计算机易于处理的电子脉冲形式来表达。今天世界上有1亿多台旨在操纵信息的计算机。它们正在帮我们的忙，办法是使已经用数字表达的信息更易于存储和传输。在不久的将来，它们将使我们几乎能获得世界上的任何信息。

在美国，把这些计算机相互连接起来的做法已被比喻成另一项大型工程：即在各州间建筑起纵横交错的公路网，此举从艾森豪威尔时代已经开始，这就是这一新网络被人称为"信息超级高速公路"的原因。这一流行用语来自于已故参议员艾尔·戈尔，他的父亲曾是1956年"联邦高速公路资助法案"的发起人。

不过，高速公路的比喻并不十分正确。这一字眼令人想起风景和地理，想起两点间的距离。暗示你不得不从一个地方旅行到另一方。可实际上，这种新的通信技术的一个最引人注目的特点就是它会消除距离，不管你所联络的人是在隔壁还是在另一个大陆，距离本身并不重要，高速连接的网络将不受英里或公里的限制。

"高速公路"这个词也令人想到每个人都在开车沿着同一条路行驶。这一网络更像是由许多乡间小路构成的路网，人们可以在路上随心所欲地观看或

一场革命开始了

181

做事。由此而来的另一暗示是也许它应当由政府来修建，但是我认为，在大多数的国家，这样做将是一个重大错误。真正的问题是，这个比喻强调了这一努力的基础结构，而不是它的具体应用。在微软公司里，我们谈论"垂手而得的信息"问题，这种说法突出网络的益处而不是网络本身。我认为对即将发生的许多活动描述得更为贴切的一个不同的比喻是"终极市场"。从交易场地到供人们散步的林荫地等市场对人类社会来说是至关重要的，我相信这一新型市场最终将成为世界的中心商场。这里将是我们这些社会动物销售、交易、投资、讨价还价、购物、讨论问题、结交新朋友和闲逛的好去处。当你听到"信息高速公路"这个词儿而不是看到一条公路时，你应该把它想象成一个市场或一个交易所。想想纽约股票交易所的拥挤与喧闹情景，或想想一家农贸市场或一家挤满了寻找引人入胜的故事及信息的人流的书店的情景。人类活动发生的方式各各不同，大到数十亿美元的交易，小到调情卖俏。许多涉及货币的交易，将以数字形式而非现金来偿付。各种类型的数字信息（不仅仅是作为货币），都将成为这个市场上的新型交易媒介。

全球信息市场将是巨大的，在这个市场上，人类进行商品、服务、思想等交换的一切交换形式都将囊括无遗。实实在在地看，这将给予你对更多事物的更广泛的选择权，包括你怎样挣钱、如何投资，你购买什么和支付多少钱，谁是你的朋友，你与他们怎样共度时光,以及在哪里和如何才能使你和你的家人安全地生活。你的工作场所,以及你对于什么才意味着"受到教育"的想法将会改变,也许变得面目全非。你的身份感、自我感和归属感等,可能会在相当大的程度上获得开放。简而言之,几乎每一件事的做法都会有差别。我几乎没有耐心让这一切到明天才发生,我现在正尽我所能促成它们尽快发生。

你自己也拿不准你是否相信这一切吗?或者,你想要相信这一切吗?也许你将拒绝成为参与者,当某种新技术威胁着要改变人们已经熟悉和乐于相处的东西时,人们常常这样发誓。起初,自行车是一个愚蠢的新玩意儿;汽车,不过是一个嘈杂的入侵者;袖珍计算器,是对数学学习的威胁;而收音机,则据说将促使人变成文盲。

但是随后又发生了一些事。过了一段时间,这些机器在我们日常生活中找到了一席之地,因为它们不仅提供便利,节约劳力,还可以使我们的创造力得到升华。我们开始和它们套近乎。它们和我们的其他工具一样被我们一视同仁了。新一代人伴随着它们成长起来,改变它们,使它们具有人性,简而言之,与它们一起玩乐。

电话是双向通信中的一个主要进步,但它最初甚至被斥为除了带来妨害以外别无他用。这个闯入人们家中的机器使有的人感到尴尬,尽管如此,人们(男人和妇女们)还是最终认识到,他们不仅仅获得了一个新型机器,而且正在学会一种崭新的交流方式。电话中的交谈没有面对面交谈的时间长,也没有它正式。人们还不熟悉它,许多人认为它效率不高。在电话机前,人们只要善于交谈,往往可以省掉亲自访问或请吃一顿饭的麻烦,因此可以期待度过一整个下午或晚上。当大多数公司和家庭都有了电话后,使用者们想方设法地利用这种独特的通信手段。随着它的日益流行,它自身的特殊表达方法、技巧、礼仪、文化等也发展起来。亚历山大·格雷汉姆·贝尔当然无法预见到"让我的秘书把他送到我面前的线上来"这一傻乎乎的游戏。当我写此书时,一种更新型的通信方式——电子邮件(e-mail)——正在经历着与此相同的历程:建立它自己的规则和惯例。

法国飞行家、作家安德·圣·埃克絮佩利在他1939年的回忆录《风、沙、星》(*Wind, Sand and Stars*)中写道,"机器将逐步成为人性的一个组成部分。"他写到人们对新技术的反应方式,并以19世纪的人们缓慢接受铁路一事为例。他描述说起初人们把最早的火车头——冒着浓烟、野兽般怪叫着的机器诋毁为铁怪物,随着铁路铺得越来越多,城镇建起了火车站。商品和各种服务流动起来,有趣的新工作多了起来。围绕这种新颖的运输工具形成了一种文化,原来的蔑视态度变成了接受甚至赞同的态度。从前一度是铁怪物的家伙变成了搬运生活中的力大无穷的搬运工。我们认识的改变再一次反映到我们使用的语言中。我们开始称它为"铁马"。圣·埃克絮佩利问道:"对于一个村民来说,除了每天晚上6点钟都来拜访的谦恭的朋友以外,今天还有什么新闻呢?"

在通信史上唯一产生同等重要影响的另一单个的转折大约发生于公元1450年,那时德国梅因兹的金匠,约翰·谷登堡发明了活字,并且把印刷术第一次引入欧洲时(中国和朝鲜那时已有了印刷术)。那一事件彻底地改变了西方文明。谷登堡花了两年时间用他的字模排印他的第一部《圣经》,而一旦第一步工作完成,他便可以印刷大量的《圣经》了。在谷登堡之前,所有的书都是用手抄写的,那些经常做这种抄写工作的僧人,很少能在一年内抄完一本书。相比较而言,谷登堡的印刷术就算是高速激光打印机了。

印刷术给西方带来的不仅仅是一种快速复制书籍的方法。在那之前,尽管已经过了若干代人,但生活一直是原始公社式的,几乎毫无变化。大多数人只知道他们自己亲眼所见或亲耳所闻的东西。很少有人走出过他们的村庄,部分原因是没有可靠的地图,要找到回家的路几乎是不可能的。就如同詹姆斯·柏克(一位我所喜爱的作家)所说的:"在这个世界上,所有的经历都是亲身的:视野太窄,社会太内向。外部世界存在的东西仅仅是一些道听途说而已。"

印刷文字改变了这一切。这是第一个大众传播媒介——知识、观点以及经历第一次可以凭借一种便于携带、持久的且容易得到的方式加以传递。随着书面文字使人们的活动范围远远超越了村庄，人们开始关注外面的世界所发生的事情。印刷作坊很快在商业化城市里兴起，而且成为知识交流的中心，读写能力成为变革教育和改变社会结构的重要技能。

在谷登堡之前，整个欧洲大陆大约只有3万册书，几乎都是《圣经》或圣经评注性著作，而到了1500年，各类题材的图书猛增到900多万册。各种传单和其他印刷物影响了政治、宗教、科学以及文学。宗教精英圈子以外的人士第一次有机会接触到书面信息。

而信息高速公路对我们的文化的转变将像谷登堡的印刷术极大影响中世纪文化一样，极大地影响我们当代的文化。

个人计算机已经改变了工作习惯，但它们还没有真正把我们的生活改变多少。当明天的威力强大的信息机器与信息高速公路连通以后，人、机、娱乐以及信息服务都将可以同时接通。你可以同任何地点、任何想与你保持联络的人保持联系，你可以在成千上万的图书馆中的任何一家图书馆阅读浏览，无论是白天还是夜晚，你丢失的或被盗窃的照相机将向你发出信号，告诉你它所在的准确位置，即使它处在一个不同的城市。你将可以在办公室里收听、回答你公寓中的内部通信联络系统，或者回复你家中的任何邮件。今天难于获取的信息那时将很容易获得（如下列信息）：

你的公共汽车是否准时？

你通常所走的那条通往办公室的路上是否正好发生了什么车祸？

是否有人愿意用他或她的星期四的剧票换你的星期三的票？

你的子女在校学习表现如何？

大比目鱼的美味食谱是什么？

位于哪里的哪一家商店能在明天早晨以最低价格把一个测量你脉搏的手表送货上门？

什么人愿以什么价格买我的旧穆斯堂（车篷可折起的）汽车？

针眼是如何制造出来的？

在洗衣房中的衬衫是否已洗好？

怎样最廉价地订阅《华尔街》杂志？

心脏病发作的症状是什么？

今天的乡村法院是否有什么有趣的证词？

鱼能否看到颜色？

香榭丽舍大街现在的景象如何？

上星期四下午9点零2分你在哪里？

让我们假定你现在正想要去找一家新餐馆，并想看看它的菜单、果酒单和当天的特种菜。也许你正在揣摩你所喜爱的食品评论家曾对此说过些什么。也许你也想知道卫生部门为这个地方所打出的卫生分数。如果你对这家餐馆的左邻右舍有些怀疑，你也许想看一看以警察报告为基础的安全系数。还有兴趣去吗？你将需要预订座位、一张地图

一场革命开始了

以及基于目前交通状况的驾驶指令。你可以一边开车，一边打印这些指示，或让它们朗读出来给你听——并且让内容不断更新。

所有这些信息都将很容易得到，而且完全是个人性质的，因为你可以调查令你感兴趣的任何部分信息，以任何方式，持续到你所需要的任何时间。你会在你方便的时候才观看一个节目，而不是当一个广播员愿意播放它的时候，你可以购物、点菜，与业余爱好者伙伴联络，或在任何时候随心所欲地发布为他人使用的信息。你的夜间新闻广播会在你规定的时间开始播放，而刚好持续到你所需要的时间为止。你将只涉及你所选定的题目，或由一个了解你兴趣的服务来完成。你可以要求播放来自东京、波士顿或西雅图的报道，对某一条新闻要求播放详细内容，或询问你最喜爱的专栏作家是否对此事发表了评论。而且如果你愿意，你的新闻可以以书报的方式传递给你。

这种巨大的改变使人们感到紧张。每一天，在全世界范围内，人们都在询问这个网络意味着什么，经常是怀着可怕的担忧。我们的工作会发生些什么？是否人们将从物质的世界中退出，而由他们的计算机代理他们的生活?是否富人与穷人之间的鸿沟会无可挽回地增大？计算机是否会帮助东圣路易斯安那被剥夺了公民权的人或帮助埃塞俄比亚的饥民？将有一些随着网络而来的重大挑战，以及网络所带来的变化。我常常听到许多人对此发表过许多合理的表示关切的话。对此，我将在第十二章加以详尽的讨论。

我考虑过这些困难，总的说来，我发现我是有信心和乐观的。我之所以这样，部分原因是我本来就是这样的人，部分原因是由于我对于我的同代人（这些与计算机同龄的人）将能做到的一切充满了热情。我们将为人们提供利用工具的新方式。不管发生什么情况，进步总是会来临的，所以我们要最大限度地利用这一进步。对此，我是坚信不疑的。一想到我们正在捕捉到可能发生的革命性变革的若干前兆，并展望未来的前景，我就感到激动不已。我感到我是不可思议的幸运儿，居然再次获得在历史性变革开端中扮演一个角色的机会。

简评

比尔·盖茨，美国微软公司创始人之一，前任董事长，首屈一指的科技精英，大慈善家、环保人士。长期以来他的成功经历引起全世界人的广泛思考。比尔·盖茨13岁开始计算机编程设计，18岁考入哈佛大学，一年后从哈佛退学。1972年，盖茨卖掉了他的第一个电脑编程作品——一个时间表格系统，买主是他的高中学校，价格是4200美元。"我13岁的时候编写出了我的第一个软件程序，目的是为了玩三连棋。我那时使用的那台计算机庞大、笨重、速度慢，但绝对是令人心荡神迷的。"说的就是这位"首屈一指的科技精英"所掘得的第一桶金。比尔·盖茨回忆说湖滨中学的经历使自己的天分得到了自由的成长。在计算机的世界里，小孩和成人一样握有控制权。这种成长的环境，使比尔和他的伙伴们一开始就因为热爱，而怀抱梦想。比尔·盖茨出版的第一本书《未来之路》，揭示了微软成功的秘密，可贵之处就是在那个很多问题还不明朗的时候，他就预言了计算机行业的未来。同时，比尔·盖茨自己认为微软的创立之所以会取得如此巨大的成功，除了历史的机遇外，还有对历史的学习和深刻体会。他信心十足地说:"既然计算机异乎寻常的便宜,而计算机又占据了我们生活的每个角落,所以,可以说我们正处于一场革命的前夜。这场革命将使得通信价格降低到前所未有的程度,而且所有的计算机都将连为一体,为我们而存在,并和我们交流。将这些计算机在全球范围内连接起来,它们就将形成一个网络,人们正在把这些网络称为'信息高速公路'。"这场"革命"的前景是十分诱人的。比尔·盖茨曾预测,随着现代信息技术的发展,工程师已有能力营造真实的感觉。他们可以给人戴上显示彩色图像的眼镜,再给你戴上立体声耳机,你的所见所闻都由计算机来控制。只要软件能跟得上,结果一定是人分不出电子音像和真声像的区别。比尔·盖茨还模拟出一种真实的、身体的感觉,又想象出一种类似机电设备的东西,叫做 VR 紧身衣,只要有 25~30 万个触点,就完全能够模拟人的全身的感觉。

《未来之路》与托夫勒的《第三次浪潮》相比,具有更强的实践性与现实性。《未来之路》是读者了解信息高速公路全部面目乃至 21 世纪人类生活面貌的最佳入门书。比尔·盖茨是一个拿未来打赌的人。十几岁时,他就预见了低成本计算机可能会具有冲击性的影响。"让每一个家庭,每一张桌子上都有一台计算机"成为年轻的比尔·盖茨的使命,他为此而奋斗了几十年。更有意义的是,比尔·盖茨还以他从容不迫的风度向人们指引了一条通往信息高速公路的途径。章正坤先生在译后记中说:"门在英语中叫做 GATE。饶有兴味的是,这本《未来之路》的作者比尔·盖茨的英文名字就叫 GATES(一道道的门)。所以通过一道道的门(GATES),我们就可以进入信息高速公路,从而在未来之路上纵横驰骋,周游八极。"

在《一场革命开始了》的结尾,比尔·盖茨充满信心地预言一场革命开始了——"我们将为人们提供利用工具的新方式。不管发生什么情况,进步总是会来临的,所以我们要最大限度地利用这一进步。对此，我是坚信不疑的。一想到我们正在捕捉到可能发生的革命性变革的若干前兆，并展望未来的前景，我就感到激动不已。我感到我是不可思议的幸运儿，居然再次获得在历史性变革开端中扮演一个角色的机会。"2008年1月1日后，比尔·盖茨把他创立的微软帝国交给年轻人来运营管理。他在保留微软最大股东的同时，将花更多的时间在以他和妻子命名的世界最大的慈善基金会上。他的人生进入了一个新的境界。

国民人格之培养

◇ 张奚若

本文选自孙敦恒、徐心坦、文学宓选编《张奚若文集》(清华大学出版社1989年版)。张奚若(1889—1973),字熙若,自号耘。陕西朝邑人。著名政治学家、教育家。主要作品有:《主权论》《社约论考》《法国人权宣言的来源问题》《卢梭与人权》《全盘西化与中国本位》等。后人辑有《张奚若文集》。

凡稍有现代政治常识的人大概都听见过下面一句似浅近而实深刻的话,就是:要有健全的国家须先有健全的人民。若是把这句平凡的话说得稍微玄妙点,我们可以说:国家就是人民的返照。有怎样的人民便有怎样的国家,有怎样的人民便只能有怎样的国家。举一个极显明的例子,有今日英美德法之人民才能有今日英美德法之国家,有今日中国之人民也只能有今日中国之国家。这似乎是"民为邦本"的另一解释。庄子说:"水之积也不厚,则其负大舟也无力。"民犹水也,国犹舟也,欲行大舟,先蓄厚水,这是物理之自然,这也是政理之自然。

中国已往的人民,和欧洲十八世纪以前的人民一样,在政治上是被动的,是没有地位的。圣君贤相所要求于他们的是服从,哲人大师所教诲于他们的也是一个"忠"字。国家本是帝王的私产,人民不过是他们的子民。宗法社会的国家组织和政治理论本来不限于东西都是这样的,不同的地方就是中国把"君父""臣子""忠孝"一套的理论弄得特别系统化而又深入人心罢了。这样的一个伦理观念在从前的旧社会上似乎也颇够用,不然恐怕就不会有那样长久的历史。不过数十年来,自欧美的宪政民治种种学说随着它们的坚甲利兵传播到东方以来,这些旧式的政治组织和政治理论就根本发生动摇。辛亥革命就是自由、平等、独立、自治种种新学说战胜了君臣、父子、夫妇、兄弟诸种旧理论的纪念碑。

不过辛亥革命只是近代中国政治维新及一切社会改革的起点。因为只是一个起点,所以当时的领袖人物大多数只略知欧美民治的形式而不了解其精神,其所抄袭模仿的自然也只是些皮毛而非神髓。到了"五四"运动以后,大家才渐渐捉摸到欧美民治的根本。这个根本是甚么?毫无疑义的,是个人解放。欧洲自文艺复兴和宗教改革以后,不等到十八世纪的政治革命,社会组织的单位和基础早已由团体(如教会、家庭、行会等)而变为个人了。初则个人与团体冲突,终则团体为个人所征服而以给个人服务为它存在的唯一理由。因为个人的生活是多方面的,所以他的解放也是多方面的。不过其中最要紧的一种,提纲挈领的说,当然是所谓思想解放。思想是行为之母,思想解放了,行为也就不能再受从前的旧束缚了。自旧社会旧道德的立场去看,这些新思想自然都是洪水猛兽,但自新世界新理想看来,这些新思想却又是创造的灵魂和发明的推动力。思想解放之后,昔日受压制,作刍狗,只为他人做工具,没有独立存在价值的个人,一旦忽变为宇宙的中心、生命的主宰,这是人类历史上一大进步! 说得客气点,这至少也是人类历史上一大变动。没有个人解放,是不会有现代的科学的,是不会有现代的一刃文化的。区区民治政治不过是个人解放的诸种自然影响之一,虽然它的关系也是很大。这个个人解放的历史大潮流具有一种不可抵抗的征服力和很难避免的传染性。它所经过的地方,除非文化过于幼稚不了解甚么叫作"人的尊严",或社会发展完全畸形、个人丝毫没有自我的存在,是没有不受它的震动的。中华民国六、七年的"五四"运动及民国十五、六年的国民革命都由这个震动所发出的光辉。

由个人解放所发生的政治理论自然是所渭个人主义。十八世纪中美法两国的革命都是这个人主义所放的异彩。它的成就,它的影响,是人所共知的。固然,个人主义在理论上是有极大的缺陷的,在事实上也有很大的流弊,尤甚在经济方面。欧洲十九世纪后半期所发生的社会主义及集团主义就是为矫正个人主义的流弊的。这都是历史事实和教训,于我们是有借鉴之益的。

不过一个东西有它的好处,往往也有它的坏处;

一切思想，一切主义，都可作如此观。个人主义的政治理论自然也不能是例外。但是我们不可因为看一个东西弱点便将它的优点一概抹煞，完全忘记。天下本无完美的东西，生活原是选择，若必尽美尽善而后用之，生命将变为不可能。取长舍短是一切选择的标准。

个人主义的政治哲学的优点是在承认：（一）一切社会组织的目的都是为人的，而不是为越出于人以上的任何对象，如上帝、帝王或其他的东西的；（二）一切社会组织的权力都是由构成这些组织的人们来的，而且永远属于这些人们；（三）一切社会组织都应该而且也必须直接或间接由构成它们的人们自行管理。这些学说的中心思想是大致不错的。可是这样一来，个人便变成一切社会组织的来源、基础和归宿，他便变成他的生命的主人翁，他便变成宇宙的中心。

这还只是个人主义的政治哲学的大致轮廓。若是更进一步说，我们立刻会发现个人主义的政治哲学的神髓，至少在它的故乡英国，全在承认政治上一切是非的最终判断者是个人而非国家或政府，全在承认个人有批评府之权，说得更具体点，全在承认思想自由和言论自由。因为个人是最终的判断者，所以举世皆以为是而我尽可以为非，或者举世皆以为非而我尽可以为是；因有言论自由，所以我可将所我认为是的贡献于他人和国家之前，希望他人和国家能比较优劣而为妥善的采择。我所以服从国家的道理完全是因为在我的良心上它是对的，并不是因为它的命令强迫我服从；反之，若是在我的良心上它是错的，那我为尽我作人的责任只有批评或反对。国家并不是真理的垄断者。它所认为是的须与个人所为是的在个人的良心上作一理智的竞争。光凭威权的压制是不能折服人心的，是无理性可言的政治。

一个个人若有发泄他的良心所认为不对的机会，若有表示他的理智所反对的自由，那时他才能觉得他与国家的密切关系，他才能感觉他做人的尊严和价值，他才能真爱护他的国家。试问这样一个人格是何等可敬，这样一个国民是何等可贵！一个国家有以上这样一个国民比有成千成万的工具性的群众有利的多。现代民治的成败全视此等国民的人数多寡而定，而民治在大体上又是今日政治上的康庄大道，其他炫耀一时的政象都是旁门左道，不久还归消灭，不足以为法。在理论上，除过民治只有共产，而广义的讲共产也只是民治的推广，而非其推翻。

上面说过，个人主义在理论上及事实上都有许多缺陷和流弊，但以个人的良心为判断政治上是非之最终标准却毫无疑义是它的最大优点，是它的最高价值。个人的良心固然不见得一定是对的，但是经验告诉我们比它更对更可靠的标准是没有的。讲到底，政治是为人的，为人的事还是拿人作标准比较可靠些。至少，它还有养成忠诚勇敢的人格的用处。此种人格在任何政制下（除过与此种人格根本冲突的政制），都是有无上价值的，都应该大量的培养的。

今日中国的政治领袖是应该特别注意为国家培养这种人格的,因为中国数千年来专制政治下的人民都是被动的,都是对于国事漠不关心的,都是没有国民人格的。今日若能多多培养此种人材,国事不怕没有人担负。救国是一种伟大的事业,伟大的事业惟有有伟大人格者才能胜任。

本来"五四"运动和民国十五、六年的国民革命运动是走向这个方向的。不过后来不幸因为发生清党的需要,使政府当局于清党之后走入矫枉过正的途径,对于稍有批评精神反抗勇气的青年都与以极严厉的处置。同时又提倡统一思想,铲除反动种种运动,结果思想固然无从统一,真正的反动也不见得能够铲除,徒然的又丧失了许多有志气有能力的好国民真人格。此事说来真可痛心。我认为这都是不必要的牺牲,这是极错误的办法。今后若不改弦更张,国家是没有生路的。修明政治是唯一的生路,而培养国民对于政府措施敢批评反抗(自然非指武力暴动)的智勇精神与人格尤为当务之急。

(《独立评论》第150号,1935年5月12日)

简 评

现代政治学家、西方政治思想史学者张奚若先生,虽然是久负盛名的大学者、大学问家,但一生著述并不多;自1952年9月,他继马叙伦之后出任新中国的第二任教育部部长,为教育事业的发展呕心沥血,多有建树。在贯彻党的教育方针方面做了大量工作:开展爱国主义教育、公民教育、劳动教育,完善课程和学制,推广普通话,制订《小学生守则》等。张奚若先生终其一生,始终以全体人民的福利为中心目标,一贯保持仗义执言、坦诚耿直的作风,把学者与志士两种不同的身份完整地统一于一身,往大处着眼做学问,为社会服务做事业。

　　早在20世纪30年代中期，日寇入侵，救亡压倒启蒙。张奚若先生却选在这个十分重要的节点上，在《独立评论》上接连发表两篇关于国民人格的文章——《国民人格之培养》和《再论国民人格》，强调个人的解放是现代文明的基础，个人主义的优点能够培养出忠诚勇敢的人格，立国本、救国难只能有赖于许许多多健全的个人挺身而出，而非乌合之众一哄而上。勇敢的批判精神和不畏强暴的人格品质才是治疗"第二天性"（惰性和懦弱性）的良药。张奚若先生劝导学生要努力成为社会改革者。

　　作者在文中一开始就亮明了自己的观点："凡稍有现代政治常识的人大概都听见过下面一句似浅近而实深刻的话，就是：要有健全的国家须先有健全的人民。"正如卢梭在《社会契约论》中所说："如果国家，或者说城邦，只不外是一个道德人格，其生命全在于它的成员的结合，并且如果它最主要的关怀就是要保存它自身；那么它就必须有一种普遍的强制性的力量，以便按照最有利于全体的方式来推动并安排各个部分。正如自然赋予了每个人以支配自己各部分肢体的绝对权力一样，社会公约也赋予了政治体以支配它的各个成员的绝对权力。正是这种权力，当其受到公意所指导时，如上所述，就获得了主权这个名称。"卢梭是法国大革命的思想先驱者，他对于人类社会的深入思考，是我们共同的精神宝贵财富。

　　作者在文中深刻地指出："中国已往的人民，和欧洲十八世纪以前的人民一样，在政治上是被动的，是没有地位的。圣君贤相所要求于他们的是服从，哲人大师所教诲于他们的也是一个'忠'字。国家本是帝王的私产，人民不过是他们的子民。"在国立西南联合大学为政治系主任的张奚若先生，经常在课堂上看似闲话，实际上，他引申发挥，抨击腐败，针砭时弊。

　　人类思想发展史上，有许多关于社会构造的理论。其中，认为可以由圣人来治理社会从而实现社会普遍正义的思想，对于今天建设社会的实践，具有深刻的启迪意义。系统阐述这个理论的代表，是古希腊的柏拉图和近代法国资产阶级启蒙思想家卢梭，他们分别提出了"理想国"和"主权国"的设想。而作为辛亥革命元老的张奚若对于社会构造的理论则与卢梭的思想如出一辙。他认为"国家就是人民的返照。有怎样的人民便有怎样的国家，有怎样的人民便只能有怎样的国家"，并建议，今日中国的政治领袖应该特别注意为国家培养对于国事关心的、有国民人格的人，这样国事不怕没有人担负。因为，救国是一种伟大的事业，伟大的事业唯有有伟大人格者才能胜任。"一个个人若有发泄他的良心所认为不对的机会，若有表示他的理智所反对的自由，那时他才能觉得他与国家的密切关系，他才能感觉他做人的尊严和价值，他才能真爱护他的国家。试问这样一个人格是何等可敬，这样一个国民是何等可贵！一个国家有以上这样一个国民比有成千成万的工具性的群众有利的多。"张奚若先生最令人可敬的地方，莫过于他的直言的风骨。国家的建设与强盛，他是寄希望于全体国民的："今后若不改弦更张，国家是没有生路的。修明政治是唯一的生路，而培养国民对于政府措施敢批评反抗（自然非指武力暴动）的智勇精神与人格尤为当务之急。"

胡适先生有一句话说得非常好："争你们个人自由，便是为国家争自由！争你们自己的人格，便是为国家争人格！自由平等的国家不是一群奴才建造得起来的！"当今之世，教育界、思想界、文学界，若能齐心协力以"培养合格的公民"为要，国家之大幸！人民之大幸！

镜

子里的思维

◇肖常燕

本文选自《科技
文萃》（2001 年 第 2
期）。作者肖常燕，简
历不详。

很久很久以前，有一个恶毒的王后。她有一面
会说话的魔镜，告诉她谁是世界上最美丽的女人。
后来一个皮肤如雪、头发像乌木、嘴唇像血一样鲜艳
的女孩长大了。当王后再次询问镜子时镜子回答：
"世上最美丽的人是白雪公主。"镜子从不撒谎。

现在，有一群穿白大褂的人也在请镜子当参
谋。不过他们参谋的是智商，而不是美丽。他们用
镜子来研究其他动物的思维。

1860 年，达尔文把两只黄犰狳猴放在镜前，观
察它们亲吻自己的影像。

黑猩猩，人类的近亲，很快就能意识到镜中的影
像就是自己。高登·伽鲁普在大猩猩被麻醉后，在它

的眉毛和眼边涂上明亮的油彩——大猩猩无法自己看到的地方。醒来后,当猩猩照镜子时,它们会意识到自己的改变,用手摸被染的部位,然后又嗅又看地研究沾上油彩的手。

研究人员们为几十种动物做镜子实验——狗、猫、鸟、大象和20多种猴子。然而迄今为止,能确定通过实验(即能够意识到镜子中出现的影像是自己)的只有大型灵长目——黑猩猩、大猩猩和黄犭坦猴。但科学家认为,应有其他动物能够通过这项实验。

通过实验的动物对自己的影像有着类似的反应。起先,它们以为看见了另一只同类。但很快——5分钟内——它们开始做奇怪的动作,它们慢慢地故意移动四肢或头,一遍又一遍。然后不停地挤眉弄眼,呲牙咧嘴。当它们确认镜中的动物就等于自己时,开始用手或脚系统探索自己平日看不到的身体部位。它们在镜前夸张地做动作,包括细心严肃地研究牙齿,兴致勃勃地观察生殖器官等。

纽约州立大学的伽鲁普相信,动物通过镜子试验证明了它是有"自我"概念的。"如果你不知道自己是谁,"他说,"你又怎么可能知道你在镜中看见的是谁呢?"他还认为,认识镜中的影像,本质上,表明个体可以做三件事,首先,把自己过去、现在、未来的事情联系起来。"换句话说,你可以在脑中进行时间旅行。"其二:思考不可避免的死亡。第三,参考自己的经历了解其他同类的精神状态。因此,当一只猩猩因跳跃撞到石头而感到疼痛时，它知道其他猩猩落在石块上也会同样疼痛。

伽鲁普知道上述三个特点很难进行测试。不过，确实有一些实验暗示，通过了镜子实验的动物能"善解人意"。这些实验的目的就是寻找"内心社会策略"（伽鲁普语）如同情、感激、欺骗和假装。"这些能力都需要通过对他人精神状况的了解而获得。"伽鲁普说道。比方在一个实验中，猩猩们需要从两个人中选一个帮忙找出隐藏的食物。猩猩们不知道食物被藏在何处，但它们看见只有其中的一个人观看了藏食物的过程。于是它们大多数挑了那个知道食物藏处的人。猴子在上述实验中就失败了，不过即使是猩猩，也有少数未通过实验的。

伽鲁普关于"善解人意"的说法，从人类婴儿的镜子试验得到了印证。6个月大的时候，婴儿开始对镜中影像作出反应，但把影像当成其他的婴孩。18个月时开始略略认识镜中的自己。2岁时，65%的婴儿能在镜中认出自己。而同时，它们也开始使用"你""我""他"词汇，在玩游戏时分演角色。出生18个月以前，只要看见别的小孩哭，婴儿也会加入。18个月以后，孩子就会因受到成人的影响或试着去安慰其他哭泣的孩子。

伽鲁普及其研究伙伴找到了人脑中掌握思考、自我意识和精神状态的区域——在额前叶。"研究证明，出生后18～24个月，人脑发育最迅猛的部分是额前叶。自我意识为了解他人作了铺垫。"

并不是每个人都同意伽鲁普的观点。"表面上看，这些发现似乎暗示着猩猩们能了解其他动物的情绪。"颇维莱理说，"因为猩猩的某些浅层动作和人类相似，我们就把一些人为的解释加在上面。这根本是牵强的。"他说，实际上，人本身的镜子试验也极少说明我们知道自我认知的意义。看看你自己的影像，当你说："哈!这是我!"你脑中会想什么呢?你的欲望、需求，你的过去，性格特点，你的身体各方面等等。"当一只动物或一个小孩坐在镜子前显示一系列的'自我认知'的动作时，上述列举的想法都能被一一捕捉到吗?我可不这么认为。"

　　颇维莱理描述了为解开自我意识之谜在孩子身上做的实验。即悄悄地把小棍子藏在孩子的头上。往回放这一过程的录像时，如果孩子真的具有自我认知，他们应该说："那是我。你把小棍子放在了我头上。"然而研究人员发现，在稍后重放录像带时，孩子说："他们头上有一根小棍子。"直到4岁，孩子才能正确通过试验。

　　颇维莱理认为，不能完全相信婴儿和猩猩了解镜子中的所有现象。当它们在镜子前，他们说，"那边的东西，不管是什么，和我一模一样。"颇维莱理认为，"它们有关自己身体和自己行为的概念——称为动力感自我概念。"他认为从黄犹坦猴身上可以了解自我概念的起源。在镜子试验中，黄犹坦猴完成得非常出色，远远超过了人类近亲猩猩，而且和其他灵长类动物不同，黄犹坦猴并不是群居的，而是独居的。而传统观点认为自我认知是从预测和评估他人行为等社会交往中进化产生的，然而，这些孤独的猴子却是自我认知感最强的动物。

颇维莱理试图做出解释：作为人类最初的祖先，黄犹坦猴都居住在树上。它们的体积较大，雄猴体重可达80公斤。因此当它们在森林中活动时，必须准确知道自己的身体运动和四周位置。这使它们学会计划自己的行动对四周环境的影响。镜子中的自我认知，就是这种能力的副产品。

未能通过镜子试验的动物，猫、狗，可能是因为它们的嗅觉听觉远比视觉发达。猫狗主要依靠嗅觉活动，所以它们对自己的影像不感兴趣。

动物们在自然界中从未碰见镜子的事实让研究人员们开始考虑更换其他方式来研究动物的自我认知。

镜子究竟反映了什么呢？研究人员们也有些疑惑。不过，他们不会像《白雪公主与小矮人》的童话中的恶毒王后那样，把镜子看得魔力无边。

简 评

有一个众所周知的关于思维的故事：大海边，有一栋茅草屋，茅草屋里对着大海的那面墙上，有三面镜子：第一面镜子凹凸不平，而且特别脏；第二面镜子很干净、很平整，而且还有一个非常精美的镜框；第三面镜子就是一个光秃秃的镜子，上面很干净很平整，什么都没有。我们在第一面镜子里面看到了什么？就是一面很脏的、凹凸不平的镜子。在第二面镜子里面我们看到了什么？镜子很干净，尤其是那个特别漂亮的镜框，第三面镜子呢？我们看到的是美丽的海景。很显然，正确的思维应该是第三面镜子，我们通过它看到的是美丽的大海，而不是自己。本文的标题《镜子里的思维》和故事里的"镜子思维"不在一个层面上。前者说的是"他们用镜子来研究其他动物的思维"。研究人员用几十种动物做了实验,"然而迄今为止,能确定通过实验(即能够意识到镜子中出现的影像是自己)的只有大型灵长目——黑猩猩、大猩猩和黄犹坦猴。但科学家认为,应有其他动物能够通过这项实验。"甚至"在镜子试验中,黄犹坦猴完成得非常出色,远远超过了人类近亲猩猩,而且和其他灵长类动物不同,黄犹坦猴并不是群居的,而是独居的。"最终科学家认识到,动物在自然界中从未碰见镜子的事实让研究人员们开始考虑更换其他方式来研究动物的自我认知。有意思的是,伽鲁普关于"善解人意"的说法,从婴儿的镜子试验中得到了印证。"6个月大的时候,婴儿开始对镜中影像作出反应,但把影像当成其他的婴孩。18个月时开始略略认识镜中的自己。2岁时,65%的婴儿能在镜中认出自己。而同时,它们也开始使用'你''我''他'词汇,在玩游戏时分演角色。出生18个月以前,只要看见别的小孩哭,婴儿也会加入。18个月以后,孩子就会因受到成人的影响或试着去安慰其他哭泣的孩子。"研究证明,出生后18~24个月,人脑发育最迅猛的部分是额前叶。自我意识为了解他人作了铺垫。

人与动物在智力上到底有什么区别?本质性的区别到底在哪里?为什么人类有语言而动物没有语言?等,这些都是人类几千年来想解开的谜,但直到现在我们连一个可正视的假设和猜想都未见到。现在依据我们掌握的一些线索,也许我们能解开一些谜团。

狗、猫、猴等都是比较聪明的动物,对于家养的狗和猫,我们往往会不自觉地将它们当人看待,同它们说话,同它们玩耍,殊不知它们同我们在智力上却有天壤之别。有一个突出的现象是,我们能窥见智力之谜的一丝光亮,即照镜子的问题:猫、狗、猴都是不会照镜子的动物,一辈子也不会,无论你怎样教它、启迪它,它们也永远弄不明白镜子里面就是自己;其原因是由于它们的大脑中根本就没有一个独立的思维系统。

　　科学家们研究的目的是探寻人和动物的自我意识,而他们的研究方法则是实验:观察动物和婴孩在镜子前的反应。这种镜子实验在多大程度上是有效的呢?伽鲁普和颇莱维理的思考方法不同,所以他们的结论也就不同。伽鲁普假定猩猩看到的镜中影像就是"我",颇莱维理则认为它们看到的是"和我一模一样"的事物。谁是谁非,单凭镜子实验无法解决。因此,科学实验的效果是有限的,逻辑推理的效果也是有限的。"镜子里的思维"意义就在于此。

生活是美好的

——对企图自杀者进一言

◇ [俄] 契诃夫

生活是极不愉快的玩笑，不过要使它美好却也不很难。为了做到这点，光是中头彩赢了二十万卢布、得了"白鹰"勋章、娶个漂亮女人、以好人出名，还是不够的——这些福分都是无常的，而且也很容易习惯。为了不断地感到幸福，甚至在苦恼和愁闷的时候也感到幸福，那就需要：一、善于满足现状；二、很高兴地感到："事情原来可能更糟呢。"这是不难的：

要是火柴在你的衣袋里燃起来了，那你应当高兴，而且感谢上苍：多亏你的衣袋不是火药库。

要是有穷亲戚上别墅来找你，那你不要脸色发白，而要喜气洋洋地叫道："挺好，幸亏来的不是警

本文选自曾雪梅编著《大师谈人生》（时代文艺出版社2012年版）。安东·巴甫洛维奇·契诃夫（1860—1904），生于小商人家庭。小说家、戏剧家。俄国19世纪末期最后一位批判现实主义艺术大师，与莫泊桑和欧·亨利并称为"世界三大短篇小说家"。主要作品有：小说《变色龙》《套中人》《万卡》《第六病室》等，剧本

察！"

要是你的手指扎了一根刺，那你应当高兴："挺好，多亏这根刺不是扎在眼睛里！"

如果你的妻子或者小姨子练钢琴，那你不要发脾气，而要感谢这份福气：你是在听音乐，而不是在听狼嗥或者猫的音乐会。

你该高兴，因为你不是拉长途马车的马，不是寇克的"小点"，不是旋毛虫，不是猪，不是驴，不是茨冈人牵的熊，不是臭虫。……你要高兴，因为眼下你没有坐在被告席上，也没有看到债主在你面前，更没有跟主笔土尔巴谈稿费的问题。

如果你不是住在边远的地方，那你一想到命运总算没有把你送到边远的地方去，你岂不觉着幸福？

要是你有一颗牙痛起来，那你就该高兴：幸亏不是满口的牙痛起来。

你该高兴，因为你居然可以不必读《公民报》，不必坐在垃圾车上，不必一下子跟三个人结婚。……

要是你给送到警察局去了，那就该乐得跳起来，因为多亏没有把你送到地狱的大火里去。

要是你挨了一顿桦木棍子的打，那就该蹦蹦跳跳，叫道："我多么运气，人家总算没有拿带刺的棒子打我！"

要是你的妻子对你变了心，那就该高兴，多亏她背叛的是你，不是国家。

依次类推。……朋友，照着我的劝告去做吧，你的生活就会欢乐无穷了。

简评

契诃夫是19世纪末叶崛起的最为重要的俄国小说家和剧作家,是蜚声世界文坛的"短篇小说大师"。他在《海鸥》等相关的剧作和小说中追求的"共同宇宙灵魂",乃是精神与物质达到美妙和谐的一种崇高情感境界。

本文是一篇诙谐幽默且富含生活哲理的散文。我们从中既感受到了作者微笑地面对苦难的胸怀,也读出了作者对生活的深刻感悟。凡事都要往好处想,这是生活的真谛,我们任何时候都要心存美好的期待、含笑面对生活,这是一种难能的生活态度,更是一种人生的境界。人生应该有所追求,但要知道,人生追求的不只是外在的东西,人应当追求内心的富足,追求"我要活得开心、快乐、幸福"。而这种追求不是与外在的事物成比例的,不要当某天拥有了一堆东西的时候,却发现自己一直过得很不快乐,那是一种莫大的遗憾!幸福是一种感受,而不是所处的一种状态。

生活中,我们常常羡慕某些人,认为其拥有那么多美好的东西,例如:有权有钱有娇妻(有俊夫)有稳定工作有许多朋友……,应该是很幸福的一个人。只是后来我们了解到,他们过得并不快乐。而有些人,工作不稳定,生活拮据,身体状况不佳……实际上,他们每天都过得开开心心。契诃夫说:"生活是极不愉快的玩笑,不过要使它美好却也不很难。"就上述两种人而言,我们应该以一种超然的态度接受生活给予我们的一切,无论是幸福和快乐,还是悲伤和痛苦。

我们应该凡事都往好处想,若真能做到像契诃夫所说的那样,那么对于我们可谓莫大的益处。面对突然降临的灾难,以笑脸相迎,才是明智的选择。面对生活中的不如意,笑脸相迎,这不是软弱,恰恰是一种洒脱、一种宽容的体现。冲动是魔鬼。愤怒只会让你伤神和不快,宽

生活是美好的

容得到的是一笔宝贵的财富。

本文的副标题是作者对企图自杀者进一言。作者以幽默、诙谐的语言道出了丰富的哲理，令人茅塞顿开，寄寓对生活的美好向往。在文中，作者不是一味地说教，而是列举了生活中常见的事例，用轻松的语言娓娓道来，既有情趣，又有理趣，使读者在会心的笑声中有所感悟。其实，生活中有许多这样的说法，比如：退一步海阔天空，饶一着满目青山，得饶人处且饶人，饶人不是痴汉，痴汉不会饶人等，这些充满了生活的智慧。美国的社会学教授施瓦茨在患了绝症之后，庆幸自己终于有了一次充分感受身体的机会，他以幽默的言行给学生上了人生最后的一课。这种坦荡磊落的胸怀是我们所需要的。

真正的超脱者能够从幽默的态度中化痛苦为欢乐，他不是逃避痛苦而是直面痛苦、体验痛苦，以一种超然的心态化解一切人生悲剧。"生活是美好的"，就像"生活不是缺少美，而是缺少发现美的眼睛"；生活也不是缺少幸福的事情，而是缺少感受——对幸福的那一份感知、感受、认可、感激与享受。"依次类推。……朋友，照着我的劝告去做吧，你的生活就会欢乐无穷了。"好人的推心置腹，对企图自杀的"进言"，应该是温暖且富有劝导作用的。

忆

俞平伯

◇黄裳

一

  我的开始与平伯先生通信,大约是在一九四〇年。抗日战争后期,鲁迅先生的遗族因生活困难,有出售先生留在北平藏书之议。风子兄等几位受许广平先生之托,去北京劝阻并处理此事,顺便也访问了平伯先生,请他写了一张字,回沪后裱好挂在书房里。我看了非常羡慕,觉得实在是写得美极了。记得写的是临褚河南的《枯树赋》。就冒昧地寄了纸去,也要求照写一张,不久寄来了,果然神采飘逸,秀色夺人。这是一个短卷,用的是染了色的宣纸。这

本文选自黄裳著《书之归去来》(中华书局 2008 年版)。黄裳(1919—2012),原名容鼎昌。祖籍山东益都人。著名作家、记者、藏书家。主要作品有:《锦帆集》《关于美国兵》《旧戏新谈》《过去的足迹》《银鱼集》《翠墨集》《榆下说书》《黄裳论剧杂文》《黄裳书

话》《榆下杂说》《书之归去来》《春夜随笔》等。

正是我当时附庸风雅的一种表现，以为染了色的纸总显得更为古雅，其实是弄巧成拙了。这张字没有付裱，夹在一本书里，历劫尚在，真是极大的幸事。原题"丁亥夏日，黄裳先生属临，即希正之。德清俞平伯"，下钤"德清俞氏"朱文方印。此印后来亦未遗失，一九八三年平老寄赠《论诗词曲杂著》时，卷耑所钤仍是此印。

也就是在这前后，平伯先生又寄来了他手写的《遥夜闺思引》，正与写《枯树赋》同时。这是一本薄薄的小册子，用珂罗版道林纸影印，用两束红绒线订成一册，别致而雅洁。用"仿绍兴本通鉴行格"纸写。版权叶题"中华民国三十七年五月，再版景印共叁百册。自写遥夜闺思引第六本。著作者，俞平伯，发行人暴春霆，承印者北平彩华印刷局。有著作权，不得翻印。定价国币拾贰万元"。伍、再、叁、拾贰等字皆空出，别用铅字红印。我不嫌琐细抄下这些，实在因为这本小册子也已是罕见的珍本了。这是一首纪事抒情的五言长诗，但不易理解。诗现收入《俞平伯旧体诗钞》中，书前叶圣陶序中说："抗战期间，他作了一首五言长诗《遥夜闺思引》寄到成都给我看，我看了不甚了了。后来在北京会面了，他把这首诗的本事告诉我，把各个段落给我指点，可是我还是不能说已经理解了。这就是差距。"连叶圣老还不甚了了，就无论我辈后生了。不过字写得实在美，真是风神绝世。我就是当作帖看的，虽然没有临习过，也自知不是写字的材料，自然也欣赏篇中的清词丽句，觉

212

得真是一种享受。

从此，就经常有函札往来，平老也偶尔写示所作。检点旧藏，还剩下了两幅，除已印入我的《珠还集》的一首已辑入《诗钞》外，可补的佚诗还有六首：

棠梨玉倚沁园开，一似晨妆梳洗才。

雨甚风斜和粉泪，悄无蜂蝶过墙来。

三春花草轸离忧，蒌尾犹堪敌素秋。

榴瘦红巾荷透水，合昏香满小庭幽。

南都城郭夕阳残，西望谯门指点间。

向晚青连江上驿，居然重睹六朝山。

（此纪梦之作）

佳游多半凤城西，出郭应知往迹迷。

桃瓣凋零新杏蕊，夕阳含雨又凄凄。

落英无主任风飘，飘堕泥中色尚娇。

重见红芳春烂缦，轻翻胡蝶恋花梢。

畸微名姓写春波，伫久河桥眼倦搓。

惆怅兰桡归未定，海云消息近如何。

二

一九五○年我到北京，曾到老君堂访问，这是我与他首次相见。当时我在报纸编副刊，就顺便向他约稿。他当时经济情况好像不大好，也想作文换点稿费，但苦于没有题目。我就提出他早年所作《红楼梦辨》绝版已久，大可修订重写。他欣然答应了，于是后来出版的《红楼梦研究》的开头几章就在我编的副刊上发表。我还保存着几页原稿。他是不喜欢用稿纸的，随手抓着什么纸就写，大笔行草，辨识不易。不料竟因此而引起后来的一场轩然大波，这是我至今还觉得歉然的。这事他也还记得。我在《榆下说书》中曾引用他一九五〇年的一封信，谈《红楼梦研究》出版经过，他读后给我的信说："引弟五〇年书，可知重印《红楼梦辨》只为经济，与政治无关。可供谈《红》资料，亦第一手资料也。"

这以后就是二十多年的暌隔，音信不通，直到七十年代后期，才又恢复通信。检点手边尚存的残零书札，竟还有二十来通，最早的可能是下面一书：

黄裳先生：奉五日手教，多承奖借，不胜愧荷。而谈言微中，窃有喜焉。三十年真如弹指，而世变之亟即在其中。曾有《鹧鸪天》云："正道沧桑寄此身，飘零文字水萍因。"诗稿八卷，佚于丙午，前尘往事，过眼飘风，不复措意焉。缀辑词稿仅得数十首，亦不甚完全，而所失不多。若海外印成，缘法亦可喜也。书中言往岁为公写字均已不存。涂鸦何足惜，见雅意之惓惓焉。附奉前年所书南洋复制《如影》一册博笑。匆匆不尽，即候撰祺。平伯，三月十三日。谈红大作惜未得读，又及。

《如影》是他手书的近作，在新加坡复印，其中颇有斥责动乱中群丑之作，是诗人晚年干预生活直抒胸臆的作品，并未收入《旧体诗钞》。一九六〇年以后的诗,作者是想另编一集的。从这时开始,我就又向他索书,前后所得不少,但已不再是早年的面貌,转为苍劲朴厚。一九八〇年六月十二日信说:

> 黄裳兄:惠两函次第收到。冗病迟答为歉。周姜二集皆珍品,容留读再奉上。谢刚主曾来,示之,伊更赏白石集,云难得。弟于板本是外行,其鉴赏当非虚。承惠南湖春雨图照片,弟夙慕娄东歌行,尤喜鸳湖曲,得之何殊拱璧,多谢多谢。近与圣翁摄影,又题俚句,一并尘览。复颂近安不具。平伯,六月十日。

又用诗笺写海棠诗一首,题为"八〇年四月海棠花前偕圣翁留影五言一首",诗云:

> 海棠稍婉晚,天气渐清和。
> 并立花间影,心期快若何。

我藏有周清真、姜白石词集,因平老甚爱美成,所以寄去请他一看。周集是新刻,但由费寅手度王幼遐、朱古微、郑大鹤手批几满,底本多假得于嘉业堂刘氏及其他海上藏家,是很难得的。姜集则是康熙中武唐俞兰所刻,是少见著录的本子。难怪谢刚主要说它难得。《南湖春雨图》是吴梅村的手迹,上端有自书《鸳湖曲》全诗,与通行集本有异字。画为过云楼旧藏,后归上海博物馆,我设法得到了一份照片,在喜读梅村诗的人一定会大有兴趣。与此同时我还把俞氏家集两种寄去,于一九八〇年十月十九日得复书云：

> 黄裳先生左右：赐书及珍本多种，次第收到。其中曲园公《金缕曲》单行本，曩所未见。家姊遗诗，刊版亦早零落矣。知有损惠之意，心铭奚似。蜗居芜杂，弟亦衰病。不如仍归邺架，庶几物得其所，寒门与有荣焉。弟涉猎殊寡，于板本芒无津涯，未敢妄涂，俱伤佳品，当谨为葆存，暇日披寻，可祛尘氛，其拜嘉惠多矣。港《新晚报》（九月二十七日）载郑逸梅君文谈弟儿时事，未知见及否？匆答不具，即颂撰祺。弟平伯启。十月十九日。

同封又一信：

> 书未发，展诵尊藏《裁物象斋诗钞》，有题《浮生六记》诗，集尚署名"阳湖管贻莜树荃"。按《六记》旧本，今刊俱作贻萼，或字误，或更名未可知，而莜字决不误。得校正此一字，不啻百朋，亦快事也。以闻，平又及。

三

数日后又有一信，附来《〈浮生六记〉的两个问题》一文手稿，也谈到题词人的名字，有"一字之差，关系匪浅"之语，又校正题诗异字，并推定沈三白的卒年。这一册晚清人的诗集，到了他手里，就能发现不少胜义，于此可见平老治学的严谨。

我曾从琉璃厂得到过一些旧纸,大都是从清官中流散出来的高丽五色笺,其中有一种用小封套装起的高丽镜面纸,每只一元。不知道用途,推想可能是皇帝用的便条吧。这些旧纸因为没有字,在抄家时被放过了,就寄给他求书,他写来的是一副联语:

踏月六街尘,为观黛玉葬花剧;

相逢一尊酒,却说游园杜丽娘。

原附有小注,上联云:"民国初年,梅畹华初演斯剧,得往观场,未相识也。"下联云:"晚岁于萃华酒楼座谈《牡丹亭》,拟赠以此联,而君艺名千古矣。"

此幅书于"庚申一九八〇三月",极工致,在我所见平老的晚年书中,是极难得的经心之作。联语提到《牡丹亭》与《红楼梦》,都是梅畹华的名剧,也都是平老潜心欣赏玩索数十年的名著,绾合得实在太巧了。平老喜拍曲,尤爱《牡丹亭》,曾写数文研讨,想来他们在席上相逢时的谈话一定是欢畅的。而他对梅的倾倒与伤逝,也在寥寥数语中显示无遗。这一幅小笺,实在是可当三绝而无愧的。

我又藏有曲园致朱之榛手札九通,都是写在自制笺上的,曾托君武带去,拟持赠平老,他复信辞谢。一九八一年冬一书云:

黄裳兄:久疏书候,为念。项由华君武同志转到去岁十二月廿日手教,并蒙见示先曾祖手札九通,感谢感谢。(当暂存,俟与书籍并取)盖作于光绪癸卯以后,有一书说到先舅氏善侯赴松江省亲可证。朱公盲目而公事极精干。苏人称"朱瞎子"，有名。弟儿时闻之颇熟，未能参谒。即使见过亦忘记了。盖是道班，管牙厘局，书中故向之借小轮拖带。屡署臬篆，皆呼为臬台，是否实授，未详。弟自今岁二月七日内子病殁，心绪至劣，久抛笔砚。近为《烹饪》杂志写一文五千字，记京杭往迹，说些外行话亦可笑。匆复不具，即颂著祺。平伯。五月六日，立夏。

曲园札九通已托友人转赠新修好的苏州曲园，不知已陈列否。这封信却可当作跋语，有许多事是很少有人能知道的了。俞夫人新逝，他的心绪甚劣，又能执笔为文，可见已渐归平复。这篇刊于《中国烹饪》的长文是《略谈杭州北京的饮食》，是他晚年写得最长的文字，我已取来收入《俞平伯散文》中。下面一信又谈到沈三白。

黄裳兄鉴：前寄奉《振飞曲谱序》稿本，谅已邀詧。昨奉惠示《拜石山房诗》珍闳之本，感谢，感谢。有关沈三白事迹，曾见近人文中征引，顷始得见原书，为幸。诗中记琉球归，似曾小住京华。其后应聘如皋，十年作幕。诗题未言何年祝寿，盖六秩也。卒年当近七旬，可补记载之缺。

近年所传悼红文物，大都以赝品牟名利，而诸贤评论无休，亦可异也。

前梦见一匾额，颇似小说，而义尚可通。承海外友人潘国渠君为书之，今附上照片一帧博笑。即颂冬安。弟平伯，十一月十日。（一九八二）

平老晚年绝口不谈《红楼梦》，但仍随时注意评论界的新动向。这里对前些年"发现"的"悼红文物"，干脆地予以否定，并以"考订"不休为怪，可见他的看法。所谓梦中所见匾额，为"汐净染德"四字，在可解与不可解之间。

同年十一月二十日信，又谈到《红楼》，有一节云："弟自六六年后，即未作文谈及，惩羹吹齑，或未惬舆评，而窃自喜。公谓如何？"对曹雪芹小像真伪等一系列问题表示不介入，是他晚年一贯的态度。同年十二月三日明信片中也有这样的话："红学一名本是谐谑，今则弄假成真，名显而实晦矣。明年上海将搜辑拙作旧稿三种，所谓'炒冷饭'，良非鄙意。属为前言，均却之，代以二诗。"

四

上海古籍出版社前后印行了他的旧作三种，把可能搜集到的文字都收进去了，对读者是一大方便。他对这种重刊旧文的办法，持"中立"态度，即不赞成亦不反对。天津百花文艺出版社拟编刊小文库，要我代选平伯先生散文，写信去问他是否同意，得复书云：

忆俞平伯

　　黄裳兄：久未通候，时念。欣奉来书，知百花书店将出散文选，近时通行，我对炒冷饭不大感兴味，而来者不拒，只不参加意见。今得吾兄主政，足增光宠为幸。出新意选之不蹈科臼尤佳。弟总赞成，无他见也。定后先赐选目则尤妙。来书提及译本《六记》序，是否即《学林漫录》八集所载？忆其中尚有些讹文，未知入选否？文虽短而颇自喜。总是卮言，乃承于写序时将作为线索，具见卓识，欣且愧之，固当同意，且以先睹为快也。近无写作，只有一短篇曰《虎丘·剑池》，将以原稿载《浙江画报》（明年二月）。惮繁言，总是简。承誉"切时弊"，其实是躲懒耳。编辑时如有疑，则随时示知。馀不一。复颂著安。弟平顿首。十二、七。

　　对于散文的编选，他还是很关心的。曾有不少信谈及，一九八四年一月三日有长信：

　　黄裳兄：二函详尽，不殊晤谈为快。各件均附还，分别答复如下。近颇重印拙作，如"选集""杂著"等等，我持中立，不赞助也不反对；因久遭批判，不便表态。今次编选得兄主持，可谓深幸，而事同一律，亦不拟多参意见。兄放手作去，我都赞成。

　　一、选目同意。中有二篇可商。各处选本皆未涉及《红楼梦》文字。"十二钗描写"一文，曾于运动中大闹一场，入选是否有碍？盼郑重考虑，或商之出版社，如皆认可，弟不反对。文见《文学评论》，约在一九六三、六四年左右，亦易觅。《振飞曲谱序》手头无底本，古籍新刊本杂著内有之。弟意或可不选。以此篇全用文言，昆曲知之者少，而其书又不甚佳。如"絮阁"文字不全。简谱亦不适用，而拙序勉徇作者，表示赞成，亦曲笔也。闻字数已超过，删之似属无伤，然否？"无题"二篇，冷僻难懂，承兄保存，谢谢，可入选。如查《文学杂志》期数，即可知年月，且已在原稿中注明。剪报中文字标点，稍有订正，希察。稿已久忘，读之如同隔世。尊撰"编后记"清简扼要，在千言中表达出来，尤属非易，为佩。文字小节遵命略有涂抹，勿罪是幸！

手头无稿，去岁十一月有小文付《浙江画报》，云将于二月刊出，底稿尚存，附博一笑，或未宜中选也。古籍要出《论诗词曲杂著)，已见广告，样书未来，他日当奉赠。

圣兄近晤，忙于开会，精神甚健，远胜于我。所云《日记三钞》出否未详。近其长公子至善，以胆病住院治疗。匆复不尽，即贺春禧，弟平伯顿首。

从这封信中可以看出，他虽然说过对重印旧作，不干预，不表态，但还是关心的。自受批判到一九八六年一月二十日中国社会科学院文学研究所为他从事学术活动六十五周年举行庆祝会止，并没有正式为他平反，那么他的"心有余悸"就是可以理解的了。论十二钗描写一文是我深深喜爱的。这是他的着力之作，是一篇难得的文艺批评，在汗牛充栋的《红楼》赏析文字中是少见的。写得如此深入细腻，入情入理，可算得是说理文的极致。我并没有什么顾虑，也根本没有考虑到那么多，但终于因为篇幅的关系，还是删去了。《振飞曲谱序》是按照他的意见抽去了的。

五

他对用简体字也有自己的意见，曾说："用简体排，但有些字合并，令人无所适从（如適作适，则洪适与胡適无别，亦无上下文可看），不知能酌量另铸字否？"（一九八四年九月二十四日信）又说："《振飞曲谱序》未知收入否？假如已收入，请为注意此文末行有'僕少悦里讴'句，'僕'今简体作'仆'，而改铸不便，则不得已改'余'或'予'均可，作'予少悦里讴'，这样未免倨傲，然亦无法，以本非我意也。"（一九八五年五月二十七日信）为一个字特地写一封信来，可见他的认真。《俞平伯散文》出版后，他还寄来王湜华所作的一张勘误表，其实错字还远不止这些。正如他在一九八四年七月九日信中所慨叹："近刊多而印刷乱，览之有望洋之叹，奈何！"

一九八五年六月二十日信片云：

黄裳兄：新著连翩，每荷分惠，俾快先睹，

甚感。如《过去的足迹》，弟已看熟。不瞒您说，我已偷写一谈《圆圆曲》的小文，以论点含胡，不敢示友，况付刊乎？《鸳湖曲》大文正在浣诵。我初读是篇，喜其清丽，及研求本事反感空虚，盖事有难言，不得已也。知人论世，谈何容易。公谓如何？

这篇谈《圆圆曲》的文章，写好而不愿发表，我不曾读到，推想也还是怕引起麻烦。其实谈三百年前事与当前政治有何关涉？在这里不能不感到十年动乱留下的影响之深。关于此文，同年八月一日信又曾说及：

黄裳兄：以多病体弱，久疏音问，歉悚。于梅村诗别具新解，不虚辰伯西谛之赏音矣。若此正是"勇气"，可谓先得我心，雒诵深荷。名为"传来消息满江乡"的《圆圆曲》，虽有三题，并无一目，恐难餍观者之望，不过姑备妄说而已。盖叹惋情多，征实之词少，殆不足当姚公之一哂者。但他日因当以尘教也。

但后来并未寄来，我也终未得读。小册《俞平伯散文》出版，他是高兴的。一九八六年四月五日信说：

《散文》新编收到，至为感谢。"小引"简短，清新，扼要，有仿佛另一书之感。"金陵十二钗"固不宜阑入，于体例亦似不甚合。其短篇都有趣，最后一篇曰"剑池"，极短，似兀然而止。后半本当还有一段谈吴诗之作意，以偷懒，怕噜唆，惮"商榷"之故，希亮察。其谈虎丘、说山塘，拉拉扯扯，正是引动他心事了。兄亦谓然否？

《散文》这最后一篇，极短，初读不能懂，现在知道还有一层意思未曾说出，得作者自为说明，方始恍然。平伯先生晚年不知有多少奇思妙想，都在"惮"与"怕"之中湮灭了。真是可惜。"偷懒"其实只是托辞而已。这是真正的可惜，却已无从补救了。

平伯先生于去年十月逝世，噩耗传来，为之不怡者累日。想为他写一篇纪念文字，却感到无从下笔，展阅遗札，只感到人琴俱亡的空虚怅惘。我不惮烦地抄下这些旧信，不只因为这里留下了他生活思想的零星痕迹，也还是为了保存这些美丽的篇什。从苏黄以来，尺牍在中国文苑中开辟了一个新天地，历代都有作者，但写得好的实在没有几人。在简洁的笔墨中传达情愫，"惮烦言，只是简"，在这"简"中却包含着丰富的内容。他的这些短笺实在和他的"梦遇""梦寻"是一路的，丝毫没有做作、装点，正像陈年老酒，醇厚而有馀甘。他对晚辈的垂爱与期许，更是溢于楮墨。故以此文为先生纪念可也。

一九九一年三月十日

简 评

先说俞平伯先生，他与胡适并称"新学派"的创始人，在文学创作和文学研究上的贡献是多方面的。俞平伯先生自1921年4月受胡适《红楼梦考证》的影响与顾颉刚讨论《红楼梦》起，便与《红楼梦》结下不解之缘。1923年出版他的第一部、也是奠定他红学学术地位的专著《红楼梦辨》，1952年又将它修订改题《红楼梦研究》出版。1954年出版《脂砚斋红楼梦辑评》，1958年出版《红楼梦八十回校本》，1954年1月至4月发表读《红楼梦》随笔三十八篇，后结集为《读〈红楼梦〉随笔》，直到晚年，他还不时发表有关红学的文字。他对于《红楼梦》，一生都保持着当年与顾颉刚讨论时的热情和诚实。

《忆俞平伯》是为悼念俞平伯先生而作。黄裳先生，学识渊博、文笔绝佳，文化底蕴深厚，被誉为"当代散文大家"，晚年更以藏书、评书、品书著称于文坛。他已出版散文集30余部、300余万字，被公认为"在中国现当代散文发展史上""具有突出贡献"的散文大家。黄裳先生散文的重要特征就是文体自由、潇洒、挥洒自如。他在长期的创作中，尝试了散文的几乎所有体裁的写法，抒情叙事散文、游记、书简、读书札记、论剧杂文、社会随感杂文……，然而事实上，在具体的创作实践中，他从来不恪守传统的所谓分类的规则。在黄裳先生看来，"在文学问题上思想进行严格的科学性的划分是非常困难的"，"散文和杂文之间，从来就不存在一鸿沟"。黄裳先生的游记散文，凝山川地理、历史文化于笔端，历史与现实交汇于心中、学识广博有如源头活水滚滚而来；记人散文平朴简约，善于通过琐事和细节凸现人物个性；品书杂感随意练达，具有睿智深刻、明澈诙谐的特色。他的《锦帆集》《黄裳书话》《来燕榭读书记》等书都曾受到读者的追捧。上海著名文学期刊《收获》杂志称，黄裳亦是文坛常青树，年过九旬笔力仍健。2011年黄裳先生以92

忆俞平伯

岁高龄在《收获》杂志开辟"来燕榭书跋"专栏,堪称"壮举"。

著名作家叶兆言先生在和同仁说及当代散文写作时说:"一度流行的文化大散文,黄裳先生功不可没。他的文章是真的有文化,我们都应该向他学习。'庾信文章老更成',他一大把年纪,依然笔健,气势如云,太让人羡慕。"黄裳先生独树一帜的文化散文堪称当代文坛一绝,其文学与美学意义已有定论。杂文家邵燕祥称道黄裳散文视域既雄放阔大又注重历史细节,深情冷眼,文简质腴,绝无长期以来充斥文坛的"文艺腔",构建了一个极具魅力的"散文王国"。这个"王国"的建立,与黄裳记者、作家、学者多重身份的经历与眼光分不开。

本文就是这样的好散文。随着多年来与俞平伯先生的书信往还,两人之间的神交是这篇悼文当代基调,作者说:"他的这些短笺实在和他的'梦遇''梦寻'是一路的,丝毫没有做作、装点,正像陈年老酒,醇厚而有馀甘。他对晚辈的垂爱与期许,更是溢于楮墨。"虽然说的是俞平伯先生,黄裳先生的文章何尝不是如此呢?读《忆俞平伯》,你会情不自禁地随着作者的引导走进他们的洋溢着书香的交往中。

为阅读这篇文章,我们把俞平伯、黄裳两人放在一起介绍,实在是因为他们在很多方面是极为相似的,非常值得一说。

后　记

　　散文，在中国文学史上是与诗、词鼎足而三的重要文体，有着崇高的地位。唐宋以来的古代散文已经被人们奉为经典自不待言，近代以来特别是自"五四"以来的近百年时间里，优秀的散文作品无论在内容构成或是思想情致方面，都可与古代经典比肩。近年来，写作散文的作家越来越多，喜爱阅读散文的读者也越来越多，应运而生的散文集也林林总总地呈现于读者面前。我总觉得散文的选本和阅读方式还存在一些不足之处，特别是对近百年来的散文作品没能很好地梳理和总结，尤其对年轻人来说，缺少必要的指导。于是，我产生了一个较为大胆的想法：梳理一下近百年来的散文精品，对作品及其作者做一些简单的介绍和分析，为读者更好地阅读现当代经典散文提供一个可供选择的读本，也希望通过这样的撷选和推广，能使一部分作品在历史长河的淘漉中留存下来，成为后来人的经典。而这，也是选文和出版的主要动机。

　　在撷选本丛书的作品时，我着眼于选择那些叙述内容真实、表现手法质朴、能真实地记录作者现实生活的思想和感情轨迹之作。所选散文的作者中，著名学者、知名教授、有成就有社会影响的作家占相当的比重，他们的散文，或含蕴深厚，意境优美深邃；或摇曳多姿，情思高

后
记

蹈浩瀚,无论芸芸众生,峥嵘岁月,抑或江河湖海,大地山川,或灵动飘逸,或凝练深刻,或趣味灵动,或高雅蕴藉……本丛书所选入的散文大多无愧于这样的评价。因此,一册在手,与经典同行,就能与作者进行思想交流,就能以丰富的知识启迪智慧,以睿智的思想陶冶情操,从而在读者的心灵里打开一个情趣盎然而又诗意充沛的境界。在生活节奏日益加快、人们性情渐趋浮躁的今天,我们非常需要这样的阅读。

读书给社会和个人带来的影响都是不可估量的。"一个人的精神发育史,应该是一个人的阅读史。"同样的道理,一个民族的精神境界,在很大程度上取决于全民族的阅读水平;一个国家谁在看书,看什么样的书,决定了这个国家的未来。国际阅读学会曾在一份报告中指出:阅读能力的高低,直接影响到一个国家和民族的未来。具体说来,阅读经典,可以强化文化认同,凝聚国家民心,振奋民族精神;可以提高公民素质,淳化社会风气,建构核心价值观。阅读经典,是接受教育、发展智力、获得知识信息的最根本途径,是人类社会特有的文化传播活动。

基于上面的认识,我编写了《现当代经典散文品读》。本丛书的编纂和作品的入选,是编者这个特定的人在特定的时期对特定作品的看法和眼光,代表着个人的审美体验,不要求读者一定要认同编者的看法,更不能代表作者的原意。因此,对本丛书编写过程中产生的一些想法做一个简略的归纳,供读者朋友参阅。

一、鉴于丛书的容量,首先面临一个不容回避的问题,即是如何在浩瀚的散文中遴选出既恰当又是读者喜闻乐见的作品来?毫无疑问,作为旨在拓宽阅读领域和提升阅读效果的散文读本,唯一的标准,那就是作品本身。真正意义上的阅读,是读者和写作者的心灵对话,一如心仪的挚友,在山间道旁的谈文论道,读者需要的恰恰是不拘任何形式的"随意性"。我们尊重阅读是"很个人"的提法,更何况强调开卷有益的阅读本身，更无须过于条理化、理论化，阅读者的追求也并非一种文学样式的全部、一种文学流派的前世今生、一个作家创作上的成败得失。

二、丛书的编撰体例，每篇散文都附有"作者简介"和"简评"两个部分的内容。了解作者的相关资料，是阅读前的必要准备；简评部分的文字则尽可能地拓宽阅读的视野，是阅读的引申、提炼，两者结合起来，从而建构起一个有机统一且有益于阅读的抓手。比如，读梁思成先生的散文《千篇一律与千变万化——音乐、绘画、建筑之间的通感》，一般读者可能对作者笔下的建筑领域里一些专业问题不是十分了解，"作者简介"和"简评"则对梁思成先生作为古典建筑领域里的顶级专家和教育家所从事的工作大体上予以介绍，为阅读做了必要的铺垫。文本虽是梁思成先生写中国古典建筑的散文，但作者拳拳赤子之心在字里行间很自然地得以升华，也就很容易引起阅读过程中的强烈共鸣，作者笔下的中国建筑艺术给读者带来的心灵上的冲击是难以忘怀的。

三、丛书共分10册：(1)华丽的思维；(2)悠远的回响；(3)精彩的远方；(4)文化的清泉；(5)诗意的栖居；(6)理性的精神；(7)心灵的顾盼；(8)且观且珍惜；(9)现实浇灌理想；(10)岁月摇曳诗情。每个分册写在前面的一段文字，是编者阅读经典的心灵感悟和情感抒发，不能简单地等同于对入选散文的解读，更不能先入为主地影响读者的阅读。

四、选入的散文，内容上可能涉及一些至今尚无定论的思想学术、科学文化等方面的内容，有的尚在研究、探讨之中；有的虽有了比较统一的看法，但也不一定就是最终的结论；有的观点虽然在现实中影响比较广泛，但也不可避免地存在一定的分歧，等等。编者力争在简评文字中尽可能地向读者介绍有代表性、较为流行的观点。即便如此，也未必就可以视为最权威的看法，倒是衷心希望读者阅读时，在认真

后记

229

分析、品味的基础上有自己的比较、鉴别,尽可能地接近比较科学的解读。有兴趣的时候,读者不妨就文中反映出的某些问题,进行深入的研究性阅读,带着这种"问题意识",一定会使阅读欣赏的效果得以增强,阅读欣赏的水平得以提高。比如,读瑞士华裔作家许靖华先生的散文《达尔文的错误》。文中传达了一些不同于传统观点的信息而了解对"进化论"提出挑战的代表作品,无疑对阅读是有帮助的。

五、丛书所选入的近三百篇散文中,绝大部分篇目,由于作者观察生活的特殊视角和独到的眼光,加之作者渊博的知识和雅致的文笔,将读者在现实生活中熟悉的或不熟悉的、遇到的或未曾遇到的人和事,叙述得饶有情致,有巨大的吸引力。但是,世易时移,不要说20世纪早期的作家,即使是与我们同时代的作者,文中所持的看法也并不见得百分之百地为今天的读者所接受。见仁见智,读者在品读之后有不同于作者的看法是很自然的事。比如,读李欧梵先生的《美丽的"中国城"——唐人街随笔》,不可避免地会对作者的观点产生不同看法。再比如,读毕飞宇先生的散文《人类的动物园》。从根本上说,工业文明的社会发展,为满足自己的需要,人类修建了动物园,但是,动物园的出现不是简单地把动物关起来了事,还折射出种种社会问题、人与自然的关系问题等。

六、每一个作家都生活在特定的社会环境中,每一个作家的作品和现实生活都有着千丝万缕的联系,我们能够从每一个作家的作品中读出他们现实的生活记录,感受他们跳动的思想脉搏,尤其是那些在现当代文学史上有一定地位、影响的作家,我们通过他们的作品,不仅能够读出作者其人,还能够从他们充满生命力的文字中,去瞻仰他们在文学史上留给后人的那渐行渐远的背影。比如,读季羡林先生的《赋得永久的悔》。我们看到的是作者用大量的篇幅,回忆了孩提时代吃的东西。为什么一想起母亲就讲起吃的东西呢?原因很简单,民以食为天,穷人家一直过着吃不饱的日子,因此对吃过的东西特别是好吃的东西,留下的记忆当然最难忘。再比如,读五四时期著名女作家石评梅的散文《墓畔哀歌》。面对这个在人生的凄风苦雨中痴守残梦的柔弱女子,谁能说清楚她那样泣血坟茔、奉献了全部的青春年华,且沉浸在对死者的哀悼之中难以自拔是一种幸福,抑或是一种不幸?今天的读者聆听到作者"墓畔哀歌"的时候,自然会联想到民国时期的"才女"形象以及她那逼人的才华。

七、文学源于生活,反过来文学又是对现实生活的阐述和暗示。

所以,阅读一个作家的作品,不能脱离其特定的生活环境。通过阅读,读者可以从不同的侧面感知不同时代作者笔下的现实生活,从而达到了解社会、体悟人生、历练品格、升华灵魂的阅读效果。比如,我们读钟敬文《西湖的雪景——献给许多不能与我共欣赏的朋友》、胡适《九年的家乡教育》、蒙田《与书本交往》、杰克·伦敦《热爱生命》、叶广芩《离家的时候》、宗璞《哭小弟》、刘小枫《苦难的记忆——为奥斯维辛集中营解放四十五周年而作》,等等。只要我们潜下心来,一定会有多方面的感知和启迪。

每一本书的问世都有一定的机缘。本丛书之编撰要追溯到20年前,当时,编者在一所高中教语文,由于教学的需要,为学生奉献了校本教材《诗文鉴赏》。之后,随工作辗转,当年的校本教材也屡次修订增补,才有了今天的《现当代经典散文品读》。其间,安徽师范大学出版社曾为作者提供诸多帮助;时任社长的汪鹏生先生,从策划到出版,均做了大量的工作。北京大学哲学系教授朱良志先生拨冗赐序,为本书增色添彩。在此,一并向上述帮助过我的人致以最真挚的谢忱!

徐宏杰
于淮南八公山下　2018年5月

后记